# 怀念母亲。

夜里梦到母亲 我哭着醒来

季羡林 著

北方联合出版传媒（集团）股份有限公司
万卷出版公司

# 目录

## 第一辑 往事萦怀忆故人

## 第二辑　花木有意人有情

## 第三辑　身行万里半天下

## 第四辑　天光云影寄幽思

# 第一辑 往事萦怀忆故人

有时候，我曾经觉得世界小过，小到令人连呼吸都不自由；但现在我却觉得世界真正太大了。在茫茫的人海里，找寻她，不正像在大海里找寻一粒芥子吗？我们大概终不能再会面了。

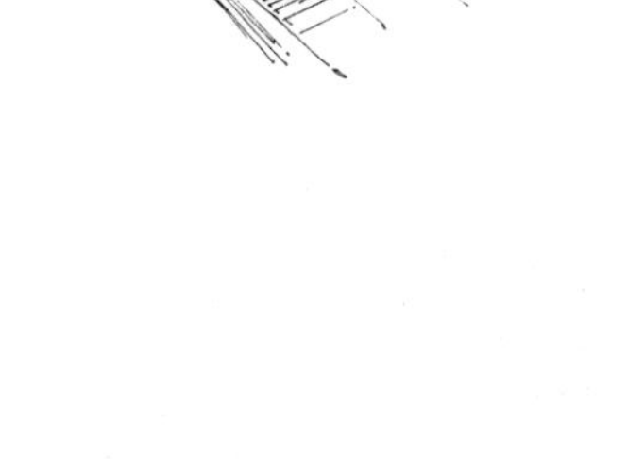

# 母与子

一想到故乡，就想到一个老妇人。我自己也觉得奇怪：干皱的面纹，霜白的乱发，眼睛因为流泪多了镶着红肿的边，嘴瘪了进去。这样一张面孔，看了不是很该令人不适意的吗？为什么它总霸占住我的心呢？但是再一想到，我是在怎样的一个环境里遇到了这老妇人，便立刻知道，她不但现在霸占住我的心，而且要永远地霸占住了。

现在回忆起来，还恍如眼前的事。——去年的初秋，因为母亲的死，我在火车里闷了一天，在长途汽车里又颠荡了一天以后，又回到八年没曾回过的故乡去。现在已经不能确切地记得是什么时候，只记得才到故乡的时候，树丛里还残留着一点浮翠；当我离开的时候就只有淡远的长天下一片凄凉的黄雾了。就在这浮翠里，我踏上印着自己童年游踪的土地。当我从远处看到自己的在烟云笼罩下的小村的时候，想到死去的母亲就躺在这烟云里的某一个角落里，我不能描写我的心情。像一团烈焰在心里烧着，又像严冬的厚冰积在心头。我迷惘地撞进了自己的家。在泪光里看着一切都在浮动。我更不能描写当我看到母亲的棺材时的心情。几次在梦里接受了母亲的微笑，现在微笑的人却已经睡在这木匣子里了。有谁有过同我一样的境遇的么？他大概知道我的心是怎样地绞痛了。我哭，我哭到一直不知道自己是在哭。渐渐地听到四周有嘈杂的人声围绕着我，似乎都在劝解我。都叫着我的乳名，自己听了，在冰冷的心里也似乎得到了点温热。又经过了许久，我才睁开眼。看到了许多以前熟悉现在都变了但也还能认得出来的面孔。除了自己家里的大娘婶子以外，我就看到了这个老妇人：干皱的面纹，霜白的乱发，眼睛因为流泪多了镶着红肿的边，嘴瘪了进去……

她就用这瘪了进去的嘴，一凹一凹地似乎对我说着什么话。我只听到絮絮地扯不断拉不断仿佛念咒似的低声，并没有听清她对我说的什么。等到阴影渐渐地从窗外爬进来，我从窗棂里看出去，小院里也织上了一层朦胧的暗色。我似乎比以前清楚了点。看到眼前仍然挤着许多人。在阴影里，每个人摆着一张阴暗苍白的面孔，却看不到这一凹一凹的嘴了。一打听，才知道，她就是同村的算起来比我长一辈的，应该叫做大娘之流的我小时候也曾抱我玩过的一个老妇人。

以后，我过的是一个极端痛苦的日子。母亲的死使我对一切都灰心。以前也曾自己吹起过幻影：怎样在十几年的漂泊生活以后，回到故乡来，听到母亲的一声含有温热的呼唤，仿佛饮一杯甘露似的，给疲惫的心加一点生气，然后再冲到人世里去。现在这幻影终于证实了是个幻影，我现在是处在怎样一个环境里呢？——寂寞冷落的屋里，墙上满布着灰尘和蛛网。正中放着一个大而黑的木匣子。这匣子装走了我的母亲，也装走了我的希望和幻影。屋外是一个用黄土堆成的墙围绕着的天井。墙上已经有了几处倾塌的缺口，上面长着乱草。从缺口里看出去是另一片黄土的墙，黄土的屋顶，黄土的街道，接连着枣树林里的一片淡淡的还残留着点绿色的黄雾，枣林的上面是初秋阴沉的也有点黄色的长天。我的心也像这许多黄的东西一样地黄，也一样地阴沉。一个丢掉希望和幻影的人，不也正该丢掉生趣吗？

我的心，虽然像黄土一样地黄，却不能像黄土一样地安定。我被圈在这样一个小的天井里：天井的四周都栽满了树。榆树最多，也有桃树和梨树。每棵树上都有母亲亲自砍伐的痕迹。在给烟熏黑了的小厨房里，还有母亲没死前吃剩的半个茄子，半棵葱。吃饭用的碗筷，随时用的手巾，都印有母亲的手泽和口泽。在地上的每一块砖上，每一块土上，母亲在活着的时候每天不知道要踏过多少次。这活着，并不渺远，一点都不；只不过是十天前。十天算是怎样短的一个时间呢？然而不管怎样短，就在十天后的现在，我却只看到母亲躺在这黑匣子里。看不到，永远也看不到，母亲的身影再在榆树和桃树中间，在这砖上，在黄的墙，黄的枣林，黄的长天下游动了。

虽然白天和夜仍然交替着来，我却只觉到有夜。在白天，我有颗夜的心。在夜里，夜长，也黑，长得莫名其妙，黑得更莫名其妙；更黑的还是我的心。我枕着母亲枕过的枕头，想到母亲在这枕头上想到她儿子的时候不知道流过多少泪，现在却轮到我枕着这枕头流泪了。凄凉零乱的梦萦绕在我的四周，我睡不熟。在蒙眬里睁开眼睛，看到淡淡的月光从门缝里流进来，反射在黑漆的棺材上的清光。在黑影里，又浮起了母亲的凄冷的微笑。我的心在战栗，我渴望着天明。但夜更长，也更黑，这漫漫的长夜什么时候过去呢？我什么时候才能看到天光呢？

时间终于慢慢地走过去。——白天里悲痛袭击着我，夜间里黑暗压住了我的心。想到故都学校里的校舍和朋友，恍如回望云天里的仙阙，又像捉住了一个荒诞的古代的梦。眼前仍然是一片黄土色。每天接触到的仍然是一张张阴暗灰白的面孔。他们虽然都用天真又单纯的话和举动来对我表示亲热，但他们哪能了解我这一腔的苦水呢？我感觉到寂寞。

就在这时候，这老妇人每天总到我家里来看我。仍然是干皱的面纹，霜白的乱发，眼睛镶着红肿的边，嘴瘪了进去。就用瘪了进去的嘴一凹一凹地絮絮地说着话，以前我总以为她说的不过是同别人一样的劝解我的话，因为我并没曾听清她说的什么。现在听清了，才知道从这一凹一凹的嘴里发出的并不是我想的那些话。她老向我问着外面的事情，尤其很关心地问着军队的事情。对于我母亲的死却一句也不提。我很觉到奇怪。我不明了她的用意。我在当时那种心情之下，有什么心绪同她闲扯呢？当她絮絮地扯不断拉不断地仿佛念咒似的说着话的时候，我仍然看到母亲的面影在各处飘，在榆树旁，在天井里，在墙角的阴影里。寂寞和悲哀仍然霸占住我的心。我有时也答应她一两句。她于是就絮絮地说下去，说，她怎样有一个儿子，她的独子，三年前因为在家没有饭吃，偷跑了出去当兵。去年只接到了他的一封信，说是不久就要开到不知道哪里去打仗。到现在又一年没信了。留下一个媳妇和一个孩子（说着指了指偎她身旁的一个肮脏的拖着鼻涕的小孩）。家里又穷，几年来年成又不好，媳妇时常哭……问我知道不知道他在什么地方。说着，在叹了几口气以后，晶莹的泪点顺着干皱的面纹流下来，流过一凹一凹的嘴，落到地上去了。我知道，悲哀怎样啃着这老妇人的心。本来需要安慰的我也只好反过头来，安慰她几句，看她领着她的孙子沿着黄土的路踽踽地走去的渐渐消失的背影。

接连着几天的过午，她总领着她孙子来看我。她这孙子实在不高明，肮脏又淘气。他死死地缠住她。但是她却一点都不急躁。看着她孙子的拖着鼻涕的面孔，微笑就浮在她这瘪了进去的嘴旁。拍着他，嘴里哼着催眠曲似的歌。我知道，这单纯的老妇人怎样在她孙子身上发现了她儿子。她仍然絮絮地问着我。关于外面军队里的事情。问我知道她儿子在什么地方不。我也很想在谈话间隔的时候，问她一问我母亲活着时的情形，好使我这八年不见面的渴望和悲哀的烈焰消熄一点。她却只“唔唔”两声支吾过去，仍然絮絮地扯不断拉不断地仿佛念咒似的自己低语着，说她儿子小的时候怎样淘气，有一次，他打碎一个碗，她打了他一掌，他哭得真凶呢。大了怎样不正经做活。说到高兴的地方，也有一线微笑掠过这干皱的脸。最后，又问我知道她儿子在什么地方不。我发现了这老妇人出奇的固执。我只好再安慰她两句。在黄昏的微光里，送她出去。眼看着她领着她的孙子在黄土道上踽踽地凄凉地走去。暮色压在她的微驼的背上。

就这样，有几个寂寞的过午和黄昏就度过了。间或有一两天，这老妇人因为有事没来看我。我自己也受不住寂寞的袭击，常出去走走。紧靠着屋后是一个大坑，汪洋一片水，有外面的小湖那样大。是秋天，前面已经说过。坑里丛生着的芦草都顶着白茸茸的花。望过去，像一片银海。芦花的里面是水。从芦花稀处，也能看到深碧的水面。我曾整个过午坐在这水边的芦花丛里，看水面反射的静静的清光。间或有一两条小鱼冲出水面来唼喋着。一切都这样静。母亲的面影仍然浮动在我眼前。我想到童年时候怎样在这里洗澡；怎样在夏天里，太阳出来以前，水面还发着蓝黑色的时候，沿着坑边去摸鸭蛋；倘若摸到一个的话，拿给母亲看的时候，母亲的微笑怎样在当时的童稚的心灵里开成一朵花；怎样又因为淘气，被母亲在后面追打着，当自己被逼紧了跳下水去站在水里回头看岸上的母亲的时候，母亲却因了这过分顽皮的举动，笑了，自己也笑……然而这些美丽的回忆，却随了母亲给死吞噬了去。只剩了一把两把的眼泪。我要问，母亲怎么会死了？我究竟是什么东西？但一切都这样静。我眼前闪动着各种的幻影。芦花流着银光，水面上反射着清光，夕阳的残晖照在树梢上发着金光：这一切都混杂地搅动在我眼前，像一串串的金星，又像迸发的火花。里面仍然闪动着母亲的面影，也是一串串的——我忘记了自己，忘记了一切，像浮在一个荒诞的神话里，踏着暮色走回家了。

有时候，我也走到场里去看看。豆子谷子都从田地里用牛车拖了来，堆成一个个小山似的垛。有的也摊开来在太阳里晒着。老牛拖着石碾在上面转，有节奏地摆动着头。驴子也摇着长耳朵在拖着车走。在正午的沉默里，只听到豆荚在阳光下开裂时毕剥的响声，和柳树下老牛的喘气声。风从割净了庄稼的田地里吹了来，带着土的香味。一切都沉默。这时候，我又往往遇到这个老妇人，领着她的孙子，从远远的田地里顺着一条小路走了来，手里间或拿着几支玉蜀黍秸。霜白的发被风吹得轻微地颤动着。一见了我，立刻红肿的眼睛里也仿佛有了光辉。站住便同我说起话来。嘴一凹一凹地说过了几句话以后，立刻转到她的儿子身上。她自己又低着头絮絮地扯不断拉不断地仿佛念咒似的说起来。又说到她儿子小的时候怎样淘气。有一次他摔碎了一个碗，她打了他一掌，他哭得真凶呢。他大了又怎样不正经做活。说到高兴的地方，干皱的脸上仍然浮起微笑。接着又问到我外面军队上的情形，问我知道他在什么地方、见过他没有。她还要我保证，他不会被人打死的。我只好再安慰安慰她，说我可以带信给他，叫他回家来看她。我看到她那一凹一凹的干瘪的嘴旁又浮起了微笑。旁边看的人，一听到她又说这一套，早走到柳荫下看牛去了。我打发她走回家去，仍然让沉默笼罩着这正午的场。

这样也终于没能延长多久，在由一个乡间的阴阳先生按着什么天干地支找出的所谓“好日子”的一天，我从早晨就穿了白布袍子，听着一个人的暗示。他暗示我哭，我就伏在地上咧开嘴号啕地哭一阵，正哭得淋漓的时候，他忽然暗示我停止，我也只好立刻收了泪。在收了泪的时候，就又可以从泪光里看来来往往的各样的吊丧的人，也就号啕过几场，又被一个人牵着东走西走。跪下又站起，一直到自己莫名其妙，这才看到有几十个人去抬母亲的棺材了。——这里，我不愿意，实在是不可能，说出我看到母亲的棺材被人抬动时的心痛。以前母亲的棺材在屋里，虽然死仿佛离我很远，但只隔一层木板里面就躺着母亲。现在却被抬到深的永恒黑暗的洞里去了。我脑筋里有点糊涂。跟了棺材沿着坑走过了一段长长的路，到了墓地。又被拖着转了几个圈子……不知怎样脑筋里一闪，却已经给人拖到家里来了。又像我才到家时一样，渐渐听到四周有嘈杂的人声围绕着我，似乎又在说着同样的话。过了一会儿，我才听到有许多人都说着同样的话，里面杂着絮絮地扯不断拉不断的仿佛念咒似的低语。我听出是这老妇人的声音，但却听不清她说的什么，也看不到她那一凹一凹的嘴了。

在我清醒了以后，我看到的是一个变过的世界。尘封的屋里，没有了黑亮的木匣子。我觉得一切都空虚寂寞。屋外的天井里，残留在树上的一点浮翠也消失到不知哪儿去了。草已经都转成黄色，耸立在墙头上，在秋风里打颤。墙外一片黄土的墙更黄；黄土的屋顶，黄土的街道也更黄；尤其黄的是枣林里的一片黄雾，接连着更黄更黄的阴沉的秋的长天。但顶黄顶阴沉的却仍然是我的心。一个对一切都感到空虚和寂寞的人，不也正该丢掉希望和幻影吗？

又走近了我的行期。在空虚和寂寞的心上，加上了一点绵绵的离情。我想到就要离开自己漂泊的心所寄托的故乡。以后，闻不到土的香味，看不到母亲住过的屋子、母亲的墓，也踏不到母亲曾经踏过的地。自己心里说不出是什么味。在屋里觉得窒息，我只好出去走走。沿着屋后的大坑踱着。看银耀的芦花在过午的阳光里闪着光，看天上的流云，看流云倒在水里的影子。一切又都这样静。我看到这老妇人从穿过芦花丛的一条小路上走了来。霜白的乱发，衬着霜白的芦花，一片辉耀的银光。极目苍茫微明的云天在她身后伸展出去，在云天的尽头，还可以看到一点点的远村。这次没有领着她的孙子。神气也有点匆促，但掩不住干皱的面孔上的喜悦。手里拿着有一点红颜色的东西，递给我，是一封信。除了她儿子的信以外，她从没接到过别人的信。所以，她虽然不认字，也可以断定这是她儿子的信。因为村里人没有能念信的，于是赶来找我。她站在我面前，脸上充满了微笑；红肿的眼里也射出喜悦的光，瘪了进去的嘴仍然一凹一凹地动着，但却没有絮絮的念咒似的低语了。信封上的红线因为淋过雨扩成淡红色的水痕。看邮戳，却是半年前在河南南部一个做过战场的县城里寄出的。地址也没写对，所以经过许多时间的辗转。但也居然能落到这老妇人手里。我的空虚的心里，也因了这奇迹，有了点生气。拆开看，寄信人却不是她儿子，是另一个同村的跑去当兵的。大意说，她儿子已经阵亡了，请她找一个人去运回他的棺材。——我的手战栗起来。这不正给这老妇人一个致命的打击吗？我抬眼又看到她脸上抑压不住的微笑。我知道这老人是怎样切望得到一个好消息。我也知道，倘若我照实说出来，会有怎样一幅悲惨的景象展开在我眼前。我只好对她说，她儿子现在很好，已经升了官，不久就可以回家来看她。她喜欢得流下眼泪来。嘴一凹一凹地动着，她又扯不断拉不断地絮絮地对我说起来。不厌其详地说到她儿子各样的好处；怎样她昨天夜里还做了一个梦，梦着他回来。我看到这老妇人把信揣在怀里转身走去的渐渐消失的背影，我再能说什么话呢？

第二天，我便离开我故乡里的小村。临走，这老妇人又来送我。领着她的孙子，脸上堆满了笑意。她不管别人在说什么话，总絮絮地扯不断拉不断地仿佛念咒似的自己低语着。不厌其详地说到她儿子的好处，怎样她昨天夜里还做了一个梦，梦见她儿子回来，她儿子已经升成了官了。嘴一凹一凹地急促地动着。我身旁的送行人的脸色渐渐有点露出不耐烦，有的也就躲开了。我偷偷地把这信的内容告诉别人，叫他在我走了以后慢慢地转告给这老妇人。或者简直就不告诉她。因为，我想，好在她不会再有许多年的活头，让她抱住一个希望到坟墓里去吧。当我离开这小村的一刹那，我还看到这老妇人的眼睛里的喜悦的光辉，干皱的面孔上浮起的微笑……

不一会儿，回望自己的小村，早在云天苍茫之外，触目尽是长天下一片凄凉的黄雾了。

在颠簸的汽车里，在火车里，在驴车里，我仍然看到这圣洁的光辉，圣洁的微笑，那老妇人手里拿着那封信。我知道，正像装走了母亲的大黑匣子装走了我的希望和幻影，这封信也装走了她的希望和幻影。我却又把这希望和幻影替她拴在上面，虽然不知道能拴得久不。

经过了萧瑟的深秋，经过了阴暗的冬，看死寂凝定在一切东西上。现在又来了春天。回想故乡的小村，正像在故乡里回想到故都一样。恍如回望云天里的仙阙，又像捉住了一个荒诞的古代的梦了。这个老妇人的面孔总在我眼前盘桓：干皱的面纹，霜白的乱发，眼睛因为流泪多了镶着红肿的边，嘴瘪了进去。又像看到她站在我面前，絮絮地扯不断拉不断地仿佛念咒似的低语着，嘴一凹一凹地在动。先仿佛听到她向我说，她儿子小的时候怎样淘气，怎样有一次他摔碎了一个碗，她打了他一巴掌，他哭。又仿佛看到她手里拿着一封雨水渍过的信，脸上堆满了微笑，说到她儿子的好处，怎样她做了一个梦，梦着他回来……然而，我却一直没接到故乡里的来信。我不知道别人告诉她她儿子已经死了没有，倘若她仍然不知道的话，她愿意把自己的喜悦说给别人；却没有人愿意听。没有我这样一个忠实的听者，她不感到寂寞吗？倘若她已经知道了，我能想象，大的晶莹的泪珠从干皱的面纹里流下来，她这瘪了进去的嘴一凹一凹地，她在哭，她又哭晕了过去……不知道她现在还活在人间没有？——我们同样都是被厄运踏在脚下的苦人，当悲哀正在啃着我的心的时候，我怎忍再看你那老泪浸透你的面孔呢？请你不要怨我骗你吧，我为你祝福！

1934年4月1日

# 夜来香开花的时候

夜来香开花的时候，我想到王妈。我不能忘记，在我刚走出童年的几年中，不知道有几个夏夜里，当闷热渐渐透出了凉意，我从飘忽的梦境里转来的时候，往往可以看到窗纸上微微有点白；再一沉心，立刻就有嗡嗡的纺车的声音，混着一阵阵的夜来香的幽香，流了进来。倘若走出去看的话，就可以看到，一盏油灯放在夜来香丛的下面，昏黄的灯光照彻了小院，把花的高大支离的影子投在墙上，王妈坐在灯旁纺着麻，她的黑而大的影子也被投在墙上，合了花的影子在晃动着。

她是老了。我不知道她什么时候到我们家里来的。当我从故乡里来到这个大都市的时候，我就看到她已经在我们家里来来往往地做着杂事。那时，已经似乎很老了。对我，从那时到现在，是一个从莫名其妙的朦胧里渐渐走到光明的一段。最初，我看到一切事情都像隔了一层薄纱。虽然到现在这层薄纱也没能撤去，但渐渐地却看到了一点光亮，于是有许多事情就不能再使我糊涂。就在这从朦胧到光亮的一段里，我们搬过两次家。第一次搬到一条歪曲铺满了石头的街上。王妈也跟了来。房子有点旧，墙上满是雨水的渍痕。只有一个窗子的屋里白天也是暗沉沉的。我童年的大部分的时间就在这黑暗屋里消磨过去。院子里每一块土地都印着我的足迹。现在我还能清晰地记起来屋顶上在秋风里战抖的小草，墙角檐下挂着的蛛网。但倘若笼统想起来的话，就只剩一团苍黑的印象了。

倘若我的记忆可靠的话，在我们搬到这苍黑的房子里第二年的夏天，小小的院子里就有了夜来香。当时颇有一些在一起玩的小孩，往往在闷热的黄昏时候聚在一块儿，仰卧在席上数着天空里飞来飞去的蝙蝠。但是最引我们注意的却是夜来香的黄花——最初只是一个长长的花苞，我们目不转睛地注视着它。还不开，还不开，蓦地一眨眼，再看时，长长的花苞已经开放成伞似的黄花了。在当时的心里，觉得这样开的花是一个奇迹。这花又毫不吝惜地放着香气。王妈也很高兴。每天她总把所有开过的花都数一遍。当她数着的时候，随时有新的花在一闪一闪地开放着。她眼花缭乱，数也数不清。我们看了她慌张而又用心的神情，不禁一哄笑起来。就这样每一个黄昏都在奇迹和幽香里度过去。每一个夜跟着每一个黄昏走了来。在清凉的中夜里，当我从飘忽的梦境里转来的时候，就可以看到王妈的投在墙上的黑而大的影子在合着夜来香的影子晃动了。

就在这样一个环境里，我第一次觉得我的眼前渐渐地亮起来。以前我看王妈只像一个影子。现在我才发现她也同我一样地是一个活动的人。但是我仍然不明了她的身世。在小小的心灵里，我并想不到她这样大的年纪出来佣工有什么苦衷；我只觉得她同我们住在一起，就是我们家里的一个人，她也应该同我们一样地快活。童稚的心岂能知道世界上还有不快活的事情吗？

在初秋的暴雨里，我看到她提着篮子出去买菜；在严冬大雪的早晨，我看到她点着灯起来生炉子。冷风把她手吹得红萝卜似的开了裂，露出鲜红的肉来。我永远忘不掉这两只有着鲜红裂口的手！她有自己的感情，自己的脾气，这些都充分表示出一个北方农民的固执与倔强。但我在黄昏的灯下却常听到她不时吐出的叹息了。我从小就是孤独的。在我小小的心里，一向感觉到缺少点什么。我虽然从没叹息过，但叹息却堆在我的心里。现在听了她的叹息，我的心仿佛得到被解脱的痛快。我愿意听这样的低咽的叹息从这垂老的人的嘴里流出来。在她，不知因为什么，闲下来的时候，也总爱找着我说话。她告诉我，她的丈夫是她村里唯一的秀才，但没能捞上一个举人就死去了。她自己被家里的妯娌们排挤，不得已才出来佣工。有一个儿子，因为乡里没有饭吃，到关外做买卖去了。留下一个媳妇在这大城里，似乎也不大正经。她又告诉我，她年青的时候，怎样刚强，怎样有本领，和许多别的美德；但谁又知道，在垂老的暮年又被迫着走出来谋生，只落得几声叹息呢？

以后，这叹息就时时可以听到。她特别注意到我衣服寒暖。在冬天里，她替我暖，在夏夜里，她替我用大芭蕉扇赶蚊子。她仍然照常地提着篮子出去买菜，冬天早晨用开了鲜红裂口的手生炉子。当夜来香开花的时候，又可以看到她郑重其事地数着花朵。但在不寐的中夜里，晚秋的黄昏里，却连续听到她的叹息，这叹息在沉寂里回荡着，更显得凄冷了。她仿佛时常有话要说。

被追问的时候，却什么也不说，脸上只浮起一片惨笑。有时候有意与无意之间，又说到她年青时候的倔强，她的秀才丈夫。往往归结说到她在关外做买卖的儿子。我们都可以看出来，这老人怎样把暮年的希望和幻想放在她儿子身上。我也曾替她写过几封信给她的儿子，但终于也没能得到答复。这老人心里的悲哀恐怕只有她一个人知道了。

不记得是哪一年，在夏天，又是夜来香开花的时候，她儿子来了信。信里说的，却并不像她想的那样满意，只告诉她，他在关外勤苦几年挣的钱都给别人骗走了；他因为生气，现在正病着，结尾说："倘若母亲还要儿子的话，就请汇钱给我回家。"这样一封信给她怎样的影响，我们大概都可以想象得出。连着叹了几口气以后，她并没说什么话，但脸色却更阴沉了。这以后，没有叹气，我们只看到眼泪。

我前面不是说，我渐渐从朦胧里走向光明里去么？现在我眼前似乎更亮了。我看透了一些事情：我知道在每个人嘴角常挂着的微笑后面有着怎样的冷酷；我看出大部分的人们都给同样黑暗的命运支配着。王妈就在这冷酷和黑暗的命运下呻吟着活下来。我看透了这老人的眼泪里有着无量的凄凉。我也了解了她的寂寞。

在这时候，我们又搬了一次家，只不过从这条铺满了石头的街的中间移到南头。王妈仍然跟了来。房子比以前好一点，再看不到四壁的雨痕和蜘蛛。每座屋子也都有了两个以上的窗子，而且窗子上还有玻璃。尤其使我满意的是西屋前面两棵高过房檐的海棠。时候大概是春天，因为才搬进来的时候，树上还开满着一团团的花。就在这一年的夏天，大概因为院子大了一点吧，满院里，除了一个大水缸养着子午莲和几十棵凤仙花和其他杂花以外，便只看到一丛丛的夜来香。我现在已经不是孩子，有许多地方要摆出安详的样子来；但在夏天的黄昏时候，却仍然做着孩子时候做的事情。我坐在院子里数着天上飞来飞去的蝙蝠。看着夜色慢慢织入夜来香丛里，一片朦胧的薄暗。一眨眼，眼前已经是一片黄黄的伞似的花了。跟着又有幽香流过来。夜里同蚊子打过了仗，好容易睡过去。各样的梦做过了以后，从飘忽的梦境里转来的时候，往往可以看到窗上有点白，听到嗡嗡的纺车的声音。走出去，就可以看到王妈的黑大的投在墙上的影子在合着夜来香的影子晃动了。

王妈更老了。但我仍然只看到她的眼泪。在她高兴的时候，她又谈到她的秀才丈夫，她的不大正经的儿媳妇，和她病倒在关外的儿子。她仍然提着篮子出去买菜，冬天老早起来生炉子，从她走路的样子上看来，她真有点老了；虽然她自己在别人说她老的时候还在竭力否认着。她有颗简单纯朴的心。因了年纪更大的关系，这颗心似乎就更纯朴简单。往往因为少得了一点所应得的东西，我们就可以看到她的干瘪了的嘴并拢在一起，腮鼓着。似乎要有什么话从里面流了出来。然而在这样的情形下往往是没有什么流出的。倘若有人意外地给了她点什么，我们也可以意外地看到这老人从心里流出来的快意的笑了。她不会做荒唐的梦，极小的得失可以支配她的感情。她有一颗简单的心。

日子一天一天地过去，这寂寞的老人就在这寂寞里活下去。上天给了她一个爽直的性情，使她不会向别人买好，不会在应当转圈的时候转圈。因为这，在许多极琐碎的事情上，她给了别人一点小小的不痛快，她自己却得到一个更大的不痛快。这时候，我们就见她在把干瘪了的嘴并拢以后，又在暗暗地流着眼泪了。我们都知道，这眼泪并不像以前想到她儿子时的那眼泪那样有意义。这样的眼泪流多了，顶多不过表示她在应当流的泪以外，还有多余的泪，给自己一点轻松。泪流过了不久，就可以看到她高兴地在屋里来来往往地做着杂事了。她有一颗同孩子一样的简单的心。

在没搬家过来以前，我已经到一个在城外的四面满是湖田和荷池的学校里去读书，就住在那里。只在星期日回家一次。在学校里死沉的空气里住过六天以后，到家里觉得仿佛到了另一个世界。进门先看到王妈的欢乐的微笑。等到踏着暮色走回去的时候，心里竟觉得意外地轻松。这样的情形似乎也延长不算很短的一个期间。虽然我自己的心情随时都有着变化，生活却显得惊人地单调。回看花开花落，听老先生沙着声念古文，拼命地在饭堂里抢馒头，感情冲动的时候，也热烈地同别人打架，时间也就慢慢地过去。

又忘记了是多少时候以后，是星期日，当时我从学校里走回家去的时候，我看到一个黄瘦个儿很高的中年男子在替我们搬移着桌子之类的东西。旁人告诉我，这就是王妈的儿子。几个月以前她把储蓄了几年的钱都汇给他，现在他居然从关外回到家来了。但带回来的除了一床破棉被以外，就剩了一个有着几乎各类的一个他那样用自己的力量来换面包的中年人所能有的病的身子，和一双连霹雳都听不到的耳朵。但终于是个活人，是她的儿子，而且又终于回到家里来了。

王妈高兴。在垂暮的老年，自己的独子从迢迢的塞外回到她跟前来，这样奇迹似的遭遇怎能不使她高兴呢？说到儿子的身体和病，她也会叹几口气，但儿子终于是儿子，这叹息掩不过她的高兴的，不久，她那不大正经的媳妇也不知从哪里名正言顺地找了来，于是一个小家庭就组成了。儿子显然不能再干什么重劳力的活儿了，但是想吃饭除了劳力之外又似乎没有第二条路可走。在我第二星期回到家里来的时候，就看到她那说话也需要打手势的儿子在咳嗽着一出一进地挑着满桶的水卖钱了。

这以后，对王妈，对我们家里的人，有一个惊人的大转变。从她那里，我们再听不到叹息，看不到眼泪，看到的只有微笑。有时儿子买了一个甜瓜或柿子，甚至几个小小的梨，拿来送给母亲吃。儿子笑，不说话；母亲也笑，更不说话。我们都可以看出来这笑怎样润湿了这老人的心。每逢过节，或特别日子的时候，儿子把母亲接回家去。当吃完儿子特别预备的东西走回来的时候，这老人脸上闪着红光。提着篮子买菜也更带劲，冬天早晨也更起得早。生命对她似乎是一杯香醪。她高兴地活下去，没有了寂寞，也没有了凄凉，即便再说到她丈夫的时候，也只有含着笑骂一声：“早死的死鬼！”接着就兴高采烈地夸起自己年青时的美德来了。我们都很高兴。我们眼看着这老人用手捉住自己的希望和幻想。辛勤了几十年，现在这希望才在她心里开成了花。

日子又平静地过下去。微笑似乎没离开过她。这老人正做着一个天真的梦。就这样差不多过了一年的时间。中间我还在家里住了一个暑假，每天黄昏时候，躺在院子里的竹床上，数着天上的蝙蝠。夜来香每天照例一闪便开了。我们欣赏着花的香，王妈更起劲地像煞有介事似的数着每天开过的花。但在暑假过了以后，当我再每星期日从学校里走回家来的时候，我看到空气似乎有点不同。从王妈那里我又常听到叹息了。她又找着我说话，她告诉我，儿子常生病，又聋。虽然每天拼命挑水，在有点近于接受别人恩惠的情形下接了别人的钱，却连肚皮也填不饱。这使他只有更拼命；然而结果，在已经有了的病以外，又添了其他可能的新病。儿媳妇也学上了许多新的譬如喝酒抽烟之类的毛病。她丈夫自然不能满足她；凭了自己的机警，公然在她丈夫面前同别人调情，而且又进一步姘居起来了。这老人早起晚睡侍候别人颜色挣来的钱，以前是被严谨地锁在一个箱子里的，现在也慢慢地流出来，换成面包，填充她儿子的肚皮了。她为儿子的病焦灼，又生媳妇的气；却没办法。这有一颗简单的心的老人只好叹息了。

儿子病的次数加多起来，而且也厉害起来。在很短的期间，这叹息就又转成眼泪了。以前是因为有幻想和希望而不能捉到才流泪；现在眼看着幻想和希望要在自己手里破碎，这泪当然更沉痛了。我虽然不常在家里，但常听人们说到，每次她从儿子那里回来的时候，总带回来惊人多的叹息和眼泪。问起来，她就说到儿子怎样病，几天不能挑水，柴米没有，媳妇也不知道跑到什么地方去了。于是在静寂的中夜里，就又常听到她低咽的暗泣。她现在再也没有心绪谈到她的秀才丈夫，夸耀自己年青时的美德，处处都表示出衰老的样子。流泪成了日常的工作；泪也终于流不完。并没延长了多久，她有了病，眼也给一层白膜障上了。她说，她不想死。真的，随处都表示出，她并不想死。她请医生，供神水，喝符，用大葱叶包起七个活着的蜘蛛生生吞下去，以及一切的偏方正方。为了自己的身子，她几乎忘掉了一切。大约有几个月以后吧，身子好了，却只剩下了一只眼。

她更显得衰老了。腰佝偻着，剩下的一只眼似乎也没有什么大用。走路的时候，只是用手摸索着走上去。每次我看她拿重一点的东西而曲着背用力的时候，看到她从儿子那里回来含着泪慢慢地踱进自己的幽暗的小屋里去的时候，我真想哭。虽然失掉一只眼睛，但并没有失掉了固有的性情，她仍然倔强，仍然不会买好，不会在应当转圈的时候转圈；也就仍然常常碰到点小不痛快，流两次无所谓的眼泪。她同以前一样，有着一颗简单又纯朴的心。

四年前，为了一个近于荒诞的理想，我从故乡来到这辽远的故都里。我看到的自然是另一个新的世界，但这世界却不能吸引着我；我时常想到王妈，想到她数夜来香的神情，想到她红萝卜似的开了鲜红裂口的手。第一年寒假回家的时候，迎着我的是她的欢迎的微笑。只有我了解她这笑是怎样勉强做出来的。前年的冬天，我又回家去。照例一阵微微的晕眩以后，我发现家里少了一个人，以前笑着欢迎我的王妈到哪里去了呢？问起来，才知道这老人已经回老家去了。在短短的半年里，她又遭遇到许多不如意的事情。因为看到放在儿子身上的希望和幻想渐渐渺茫起来，又因为自己委实得有点老了，于是就用勉强存起来的一点钱在老家托人买了一口棺材。这老人已经看透了自己一生决定了不过是这么回事；趁着没死的时候，预备点东西，过一个痛快的死后的生活吧。但这口棺材却毫无理由地被她一个先死去的亲戚占去了。从年青时候守节受苦，到垂老的暮年出来佣工，辛苦了一生，老把自己的希望和幻想拴在儿子身上，结果是幻灭；好容易自己又制了一个死后的美丽的梦，现在又给打碎了。她不懂怎样去诉苦，也没人可诉。这颗经了七十年痛创的简单又纯朴的心能容得下这些破损吗？她终于病倒了。

正要带着儿子和媳妇回老家去养病的时候，儿子竟然经不起病的摧折死去了。我不忍去想象，悲哀怎样啮着这老人的心。她终于回了家。我们家里派了一个人去送她。临走的时候，她还带着恳乞的神气说："只要病好了，我还回来。"生命的火还在她心里燃烧着，她不想死的。在严冬的大风雪里，在灰黯的长天下，坐在一辆独轮小车上，一个垂老的人，带了自己独子的棺材，带了一个艰苦地追求了一辈子而终于得到的大空虚，带了一颗碎了的心，回到自己的故乡里去，把一切希望和幻想都抛到后面，人们大概总能想象到这老人的心情吧！我知道会有种种的幻影在她眼前浮掠，她会想到过去自己离开家时的情景，然而现在眼前明显摆着的却是一个不可避免的黑洞，一切就都归到这洞里去。车走上一个小木桥的时候，忽然翻下河去，这老人也被倾到水里。被人捞上来的时候，浑身都结了冰。她自己哭了，别人也都哭起来。人生到这样一个地步，还有什么话可以说呢？这纯朴的老人也不能不咒骂自己的命运了。

我不忍去想象，她怎样在那穷僻的小村里活着的情形。听人说，剩下的一只眼睛也哭得失了明。自己的房子已经卖给别人，只好借住在亲戚家里。一闭眼，我就仿佛能看到她怎样躺到床上呻吟，但没有人去理会她；她怎样起来沿着墙摸索着走，她怎样呼喊着老天。她的红萝卜似的开了裂口流着红血的手在我眼前颤动……以前存的钱一个也没能剩下，她一定会回忆到自己困顿的一生，受尽人们的唾弃，老年也还免不了早起晚睡侍候别人的颜色；到死却连自己一点无论怎样不能成为希望和幻想的希望和幻想都一个不剩地破碎了去。过去的黑影沉重地压在她心头。人到欲哭无泪的地步，还有什么话可说呢？我听不到她的消息，我只有单纯地有点近于痴妄地希望着，她能好起来，再回到我们家里去。

但这岂是可能的呢？第二年暑假我回家的时候，就听人说，王妈死了。我哭都没哭，我的眼泪都堆在心里，永远地。现在我的眼前更亮，我认识了怎样叫人生，怎样叫命运。——小小的院子里仍然挤满了夜来香。黄昏里我仍然坐在院子里的竹床上，悲哀沉重地压住了我的心。我没有心绪再数蝙蝠了。在沉寂里，夜来香自己一闪一闪地开放着，却没有人再去数它们。半夜里，当我再从飘忽的梦境里转来的时候，看不到窗上的微微的白光，也再听不到嗡嗡的纺车的声音，自然更看不到照在四面墙上的黑而大的影子在合着历乱的枝影晃动。一切都死样的沉寂。我的心寂寞得像古潭。第二天早晨起来的时候，整夜散放着幽香的夜来香的伞似的黄花枝枝都枯萎了。没了王妈，夜来香哪能不感到寂寞呢？

1935 年

# Wala

总有一个女孩子的面影飘动在我的眼前：淡红的双腮，圆圆的大眼睛。这面影对我这样熟悉，却又这样生疏。每次当它浮起来的时候，我一点也不去理会，它只是这么摇摇曳曳地在我眼前浮动一会儿，蓦地又暗淡下去，终于消逝到不知什么地方去了。我的记忆也自然会随了这消逝去的影子追上去，一直追到六年前的波兰车上。

也是同现在一样的夏末秋初的天气，我在赤都游了一整天以后，脑海里装满了红红绿绿的花坛的影像，走上波德通车。我们七个中国同学占据了一个车厢，谈笑得颇为热闹。大概快到华沙了吧，车里渐渐暗了下来，这时忽然走进一个年轻的女孩子来。我只觉得有一个秀挺的身影在我眼前一闪，还没等我细看的时候，她已经坐在我的对面。我的地理知识本来不高明。在国内的时候，对波兰我就不大清楚，对波兰的女孩子更模糊成一团。后来读到一位先生游波兰描写波兰女孩子的诗，当时的印象似乎很深，但不久就渐渐淡了下来，终于连一点痕迹都没有了。然而自己竟到了波兰，而且对面就坐了一个美丽的波兰女孩子：淡红的双腮，圆圆的大眼睛。

倘若在国内的话，七个男人同一个孤身的女孩子坐在一起，我们即使再道学，恐怕也会说一两句带着暗示的话，让女孩子红上一阵脸，我们好来欣赏娇羞含怒然而却又带笑的态度。然而现在却轮到我们红脸了。女孩子坦然地坐在那里，脸上挂着一丝微笑，把我们七个异邦的青年男子轮流看了一遍，似乎想要说话的样子。但我们都仿佛变成在老师跟前背不出书来的小学生，低了头，没有一个人敢说些什么。终于还是女孩子先开了口。她大概知道我们不能说波兰话，只用德文问我们会说哪一国的话。我们七个中有一半没学过德文。我自己虽然学过，但也只是书本子里的东西。现在既然有人问到了，也只好勉强回答说自己会说德文。谈话也就开始了，而且还是愈来愈热闹。我们真觉得语言的功用有时候并不怎样大，静默或其他别的动作还能表达更多更复杂更深刻的思想。当时我们当然不能长篇大论地叙述什么，有的时候竟连意思都表达不出来，这时我们便相对一笑，在这一笑里，我们似乎互相了解了更多更深的东西。刚才她走进来的时候，先很小心地把一个坐垫放在座位上，然后坐下去。经过了也不知道多少时候，我蓦地发现这坐垫已经移到一位中国同学的身子下面去；然而他们两个人都没注意到，当时热闹的情形也可以想见了。

在满洲里的时候，我们曾经买了几瓶啤酒似的东西。一路上，每到一个大车站，我们就下去用铁壶提开水来喝，这几瓶东西却始终珍惜着没有打开。现在却仿佛蓦地有一个默契流过我们每个人的心中，一位同学匆匆忙忙地找出来了一瓶打开，没有问别人，其余的人也都兴高采烈地帮忙找杯子，没有一个人有半点反对的意思。不用说，我们第一杯是捧给这位美丽的女孩子的。她用手接了，先不喝，问我这是什么。我本来不很知道这究竟是什么，反正不过是酒一类的东西，而且我脑子里关于这方面的德文字也就只有一个酒字，就顺口回答说："是酒。"她于是喝了一口，立刻抬起眼含着笑仿佛谴责似的问着我说："你说是酒？"这双眼睛这样大，这样亮，又这样圆，再加上玫瑰花似的微笑，这一切深深地压住了我的心，我本来没有意思辩解，现在更没话可说，其实也不能说什么话了。她没有再说什么，拿出她自己带来的饼干分给我们吃。我们又吃又喝，忘记了现在是在火车上，是在异域；忘记了我们是初相识的异国的青年男女，根本忘记了我们自己，忘记了一切。她皮包里带着许多相片，她一张一张地拿给我们看。我们也把我们身边带的书籍画片，甚至连我们的毕业证书都找出来给她看。小小的车厢里充满了融融的欣悦。一位同学忽然问她叫什么名字，她立刻毫不忸怩地把自己的名字写在我们的簿子上：Wala，一个多么美妙令人一听就神往的名字！

大概将近半夜了吧，我走到另外一个车厢里想去找一个地方睡一会儿。终于在一个角里找到一个位子。对面坐了一位大鼻子的中年人。才一出国，看到满车外国人，已经有点觉得生疏；再看了他这大鼻子，仿佛自己已经走进了一个童话的国土里来，有说不出的感觉。这大鼻子仿佛有魔力，把我的眼睛吸住，我非看不行。我敢发誓，我一生还没有看到这样大的鼻子。他耳朵上又罩上了无线电收音机，衬上这生在脸正中的一块大肉，这一切合起来凑成一幅奇异的图案画，看了我再也忍不住笑起来。但他偏又高兴同我说话，说着破碎的英语，一手指着自己的头，一手指着远处坐着的 Wala，头摇了两摇，奇异的图案画上浮起一丝鄙夷微笑。我抬起头来看了看 Wala，才发现她头上戴了一顶红红绿绿的小帽子。刚才我竟没有注意到，我的全部精神都让她的淡红的双腮同圆圆的大眼睛吸住了。现在忽然发现她头上的小帽子，只觉得更增加了她的妩媚。一直到现在我还不明白，这位中年人为何讨厌这一顶同她的秀美的面孔相得益彰的小帽子。

我现在已经忆不起来，我们怎样分的手。大概是我们，至少是我，坐着蒙蒙眬眬地睡了会儿，其间 Wala 就下了车。我当时醒了后确曾觉得非常值得惋惜，我们竟连一声再会都没能说，这美丽的女孩子就像神龙似的去了。我仿佛看了一个夏夜的流星。但后来自己到了德国，蓦地投到一个新的环境里去，整天让工作压得不能喘一口气。以前在国内的时候，无论是做学生，是教书，尽有余裕的时间让自己的幻想出去飞一飞，上至青天，下至黄泉，到种种奇幻的世界里去翱翔，想到许多荒唐的事情，摹绘给自己种种金色的幻影，然后再回到这个世界里来。现在每天对着自己的全是死板板的现实，自己再没有余裕把幻想放出去，Wala的影子似乎已经从我的记忆里消逝了去，我再也想不到她了。这样就过去了六个年头。

前两天，一个细雨萧索的初秋的晚上，一位中国同学到我家里来闲谈。谈到附近一个菜园子里新近来了一个波兰女孩子在工作。这女孩子很年轻，长得又非常美丽，父母都很有钱。在波兰刚中学毕业，正要准备进大学的时候，德国军队冲进波兰。在听过几天飞机大炮以后，于是就来了大恐怖，到处是残暴与血光。在风声鹤唳的情况里过了一年，正在庆幸着自己还能活下去的时候，又被希特勒手下的穿黑衣服的两足走兽强迫装进一辆火车里运到德国来，终于被派到哥廷根来，在这个菜园子里做下女。她天天做着牛马的工作，受着牛马的待遇，一生还没有做过这样的苦工。出门的时候，衣襟上还要挂上一个绣着P字的黄布，表示她是波兰人，让德国人随时都能注意她的行动；而且也只能白天出门，晚上出去捉起来立刻入监狱。电影院戏院一类娱乐的地方是不许她去的。衣服票鞋票当然领不到，衣服鞋破了也只好将就着穿，所以她这样一个年轻又美丽的女孩子，衣服是破烂不堪的，脚下穿的又是木头鞋。工资少到令人吃惊。回家的希望简直更渺茫，只有天知道，她什么时候能再见到她的故乡、她的父母！我的朋友也不由得叹了一口气。

我的眼前电火似的一闪，立刻浮起Wala的面影，难道这个女孩子就是Wala么？但立刻我又自己否认，这不会是她的，天下不会有这样凑巧的事情。然而立刻又想到，这女孩子说不定就是Wala，而且非是她不行；命运是非常古怪的，它有时候会安排下出人意料的事情。就这样，我的脑海里纷乱成一团，躺下无论如何也睡不着，伏在枕上听窗外雨声滴着落叶，一直到不知什么时候。

第二天早晨起来，到研究所去的时候，我就绕路到那菜园子去。这里我以前本来是常走的，一切我都很熟悉。但今天我看到这绿绿的菜畦，黄了叶子的苹果树，中间一座两层的小楼，我的眼前发亮，一切都蓦地对我生疏起来，我仿佛第一次看到这许多东西，我简直失了神似的，觉得以前菜畦没有这样绿，苹果树的叶子也没有黄过，中间并没有这样一座小楼。但现在却清清楚楚地看到眼前有这样一座楼，小小的红窗子就对着黄了叶子的苹果林，小巧得古怪又可爱。我注视这窗口，每一刹那我都盼望着，蓦地会有一个女孩子的头探出来，而且这就是 Wala。在黄了叶子的苹果树下面，我也每一刹那都在盼望着，蓦地会有一个秀挺的少女的身影出现，而且这也就是 Wala。但我什么也没看到。我带了一颗失望的心走到研究所，工作当然做不下去。黄昏回家的时候，我又绕路从这菜园子旁边走过，我直觉地觉得反正在离我住的地方不远的小楼里有一个 Wala 在；但我却没有一点愿望再看这小楼，再注视这窗口，只匆匆走过去，仿佛是一个被检阅的兵士。

以后，我每天要绕路到那菜园子附近去走上两趟。我什么也没看到，而且我也不希望看到什么，因我现在已经知道，这女孩子不会是 Wala 了。不看到，自己心里终究有一个极渺茫极不成希望的希望：说不定她就真是 Wala。怀了这渺茫的希望，回到家来，每当夜深人静的时候，就把幻想放出去，到种种奇幻的世界里去翱翔，想到许多荒唐的事情，给自己摹描种种金色的幻影。这幻想会自然而然地把我带到六年前的波兰车上。我瞪大了眼睛向眼前的空虚处看去，也自然而然地有一个这样熟悉而又这样生疏的女孩子的面影摇摇曳曳地浮现起来：淡红的双腮，圆圆的大眼睛。

我每次想到的就是这似乎平淡然而却又很深刻的诗句："同是天涯沦落人。"因为，我已经再不怀疑，即使这女孩子不是Wala，但Wala的命运也不会同这女孩子的有什么区别，或者还更坏。她也一定是在看过残暴与血光以后，被另外一个希特勒手下的穿黑衣服的两足走兽强迫装进一辆火车里拖到德国来，在另一块德国土地上，做着牛马的工作，受着牛马的待遇，出门的时候也同样要挂上一个P字黄牌，同样不能看到她的父母、她的故乡。但我自己的命运又有什么两样呢？不正有另一群兽类在千山万山外自己的故乡里散布残暴与火光吗？故乡的人们也同样做着牛马的工作，受着牛马的待遇，自己也同样不能见到自己的家属、自己的故乡。"同是天涯沦落人"，但是我们连"相逢"的机会都没有，我真希望我们这曾经一度"相识"者能够相对流一点泪，互相给一点安慰。但是，即使她现在有泪，也只好一个人独洒了，她又到什么地方能找到我呢？有时候，我曾经觉得世界小过，小到令人连呼吸都不自由；但现在我却觉得世界真正太大了。在茫茫的人海里，找寻她，不正像在大海里找寻一粒芥子吗？我们大概终不能再会面了。

1941 年德国哥廷根

# 塔什干的一个男孩子

塔什干毕竟是一个好地方。按时令来说，当我们到了这里的时候，已经是秋天，淡红淡黄斑驳陆离的色彩早已涂满了祖国北方的山林；然而这里还到处盛开着玫瑰花，而且还不是一般的玫瑰花——有的枝干高得像小树，花朵大得像芍药、牡丹。

我就在这样的玫瑰花丛旁边认识了一个男孩子。

我们从城外的别墅来到市内，最初并没有注意到这一个小男孩。在一个很大的广场里，一边是纳瓦依大剧院，一边是为了招待参加亚非作家会议各国代表而新建的富有民族风味的塔什干旅馆，热情的塔什干人民在这里聚集成堆，男女老少都有。在这样一堆堆的人群里，一个普普通通的小孩子怎么能引起我们的注意呢？

但是，正当我们站在汽车旁边东张西望的时候，忽然听到细声细气的儿童的声音，说的是一句英语："您会说英国话吗？"我低头一看，才看到一个十二三岁的小男孩。他穿了一件又灰又黄带着条纹的上衣，头发金黄色，脸上稀稀落落有几点雀斑，两只蓝色的大眼睛一闪忽一闪忽的。

这个小孩子实在很可爱，看样子很天真，但又似乎懂得很多的东西。虽然是个男孩，却又有点像女孩，羞羞答答，欲进又退，欲说又止。

我就跟他闲谈起来。他只能说极简单的几句英国话，但是也能把自己的意思表达出来。他告诉我，他的英文是在当地的小学里学的，才学了不久。他有一个通信的中国小朋友，是在广州。他的中国小朋友曾寄给他一个什么纪念章，现在就挂在他的内衣上。说着他就把上衣掀了一下。我看到他内衣上的确别着一个圆圆的东西。但是，还没有等我看仔细，他已经把上衣放下来了。仿佛那一个圆圆的东西是一个无价之宝，多看上两眼，就能看掉一块似的。我可以很清楚地看到，这一个看来极其平常的中国徽章在他的心灵里占着多么重要的地位；也可以看到，中国和他的那一个中国小朋友，在他的心灵里占着多么重要的地位。

我同这一个塔什干的男孩子第一次见面，从头到尾，总共不到五分钟。

跟着来的是极其紧张的日子。

在白天，上午和下午都在纳瓦依大剧院里开会。代表们用各种不同的语言发言，愤怒控诉殖民主义的罪恶。我的感情也随着他们的感情而激动，而昂扬。

一天下午，我们正走出塔什干旅馆，准备到对面的纳瓦依大剧院里去开会。同往常一样，热情好客的塔什干人民，又拥挤在这一个大广场里，手里拿着笔记本，或者只是几张白纸，请各国代表签名。他们排成两列纵队，从塔什干旅馆起，几乎一直接到纳瓦依大剧院，说说笑笑，像过年过节一样。整个广场成了一个欢乐的海洋。

我陷入夹道的人堆里，加快脚步，想赶快冲出重围。

但是，冷不防，有什么人从人丛里冲了出来，一下子就把我抱住了。我吃了一惊，定神一看，眼前站着的就是那一个我几乎已经完全忘记了的小男孩。

也许上次几分钟的见面就足以使得他把我看做熟人。总之，他那种胆怯羞涩的神情现在完全没有了。他拉住我的两只手，满脸都是笑容，仿佛遇到了一个多年未见十分想念的朋友和亲人。

我对这一次的不期而遇也十分高兴。我在心里责备自己："这样一个小孩子我怎么竟会忘掉了呢？"但是，还有人等着我一块儿走，我没有法子跟他多说话，在又惊又喜的情况下，一时也想不起说什么话好。他告诉我："后天，塔什干的红领巾要到大会上去献花，我也参加。"我就对他说："那好极了。我们在那里见面吧！"

我倒是真想在那一天看到他的。第二次的见面，时间比第一次还要短，大概只有两三分钟。但是我却真正爱上了这一个热爱中国热爱中国人民的小孩子。我心里想：第一次见面是不期而遇，我没有能够带给他什么东西当做纪念品。第二次见面又是不期而遇，我又没有能够带给他什么东西当做纪念品。我心里十分不安，仿佛缺少了什么东西，有点惭愧的感觉。

跟着来的仍然是极其紧张的日子。

大会开到了高潮，事情就更多了。但是，我同那个小孩子这一次见面以后，我的心情同第一次见面后完全不同了。不管我是多么忙，也不管我在什么地方，我的思想里总常常有这个小孩子的影子。它几乎霸占住我整个的心。我把所有的希望都寄托在他要到大会上去献花的那一天上。

那一天终于来到了。气氛本来就非常热烈的大会会场，现在更热烈了。成千成百的男女红领巾分三路拥进会场的时候，全场响起了雷鸣般的掌声。一队红领巾走上主席台给主席团献花。这一队红领巾里面，男孩女孩都有。最小的也不过五六岁，还没有主席台上的桌子高；但也站在那里，很庄严地朗诵诗歌；头上缠着的红绿绸子的蝴蝶结在轻轻地摆动着。主席台上坐着来自三四十个国家的代表团的团长，他们的语言不同，皮肤颜色不同，宗教信仰不同，社会制度不同；但是现在都一齐站起来，同小孩子握手拥抱，有的把小孩子高高地举起来，或者紧紧地抱在怀里。对全世界来说，这是一个极有意义的象征，它象征着全世界爱好和平的人们的大团结。我注意到有许多代表感动得眼里含着泪花。

我也非常感动。但是我心里还记挂着一件事情：我要发现那一个塔什干的男孩。我特意带来了一张丝织的毛主席像，想送给他，好让他大大地高兴一次。我到处找他，挨个看过去，看了一遍又一遍。这些男孩的衣服都一样；女孩子穿着短裙子，男女小孩还可以分辨出来；但是，如果想在男小孩中间分辨出哪个是哪个，那就十分困难了。我看来看去，眼睛都看花了。我眼前仿佛成了一片红领巾和红绿蝴蝶结的海洋，我只觉得五彩缤纷，绚丽夺目。可是要想在这一片海洋里捞什么东西，却毫无希望了。一直等到这一大群孩子排着队退出会场，那一张有着金黄色的头发、上面长着两只圆而大的眼睛和稀稀落落的雀斑的脸，却无论如何也没有找到。

我真是从内心深处感到失望。但是我却是一点办法都没有。只怪我自己疏忽大意，既没有打听那一个男孩的名字，也没有打听他的住处、他的学校和班级。当我们第二次见面，他告诉我要来献花的时候，我丝毫也没有想到，我们竟会见不到面。现在想打听，也无从打听起了。

会议眼看就要结束了。一结束，我们就要离开这里。我一想到这一点，心里就焦急不堪。但是我也并没有完全放弃了希望。每一次走过广场的时候，我都特别注意向四下里看，我暗暗地想：也许会像我们第二次见面那样，那个男孩子会蓦地从人丛中跳出来，两只手抱住我的腰。

但是结果却仍然是失望。

会议终于结束了。第二天我们就要暂时离开这里，到哈萨克加盟共和国的首都阿拉木图去做五天的访问。在这一天的黄昏，我特意到广场上去散步，目的就是寻找那一个男孩子。

我走到一个书亭附近去，看到台子上摆满了书。亚非各国作家作品的俄文和乌兹别克文译本特别多，特别引人注目。有许多人挤在那里买书。我在那里站了一会儿，想在拥挤的人堆里发现那个男孩子。

我走到大喷水池旁。这是一个大而圆的池子，中间竖着一排喷水的石柱。这时候，所有的喷水管都一齐开放，水像发怒似的往外喷，一直喷到两三丈高，然后再落下来，落到墨绿的水池子里去。喷水柱里面装着红绿电灯，灯光从白练似的水流里面透了出来，红红绿绿，变幻不定，活像天空里的彩虹。水花溅在黑色的水面上，翻涌起一颗颗的珍珠。

我喜欢这一个喷水池，我在这里站了很久。但是我却无心欣赏这些红红绿绿的彩虹和一颗颗的白色珍珠，我是希望能够在这里找到那一个小孩子的。

我走到广场两旁的玫瑰花丛里去，这也是我特别喜欢的地方。这里的玫瑰花又高又大又多，简直数不清有多少棵。人走进去，就仿佛走进了一片矮小的树林子。在黄昏的微光中，碗口大的花朵颜色有点暗淡了，分不清哪一朵是黄的，哪一朵是红的，哪一朵又是红里透紫的。但是，芬芳的香气却比白天阳光普照下还要浓烈。我绕着玫瑰花丛走了几周，不管玫瑰花的香气是多么浓烈，我却仍然是醉翁之意不在酒，我是来寻找那一个男孩子的。

我当时就想到，我这种做法实在很可笑，哪里就会那样凑巧呢？但是我又不愿意承认我这种举动毫无意义。天底下凑巧的事情不是很多很多的吗？我为什么就一定遇不到这样的事情呢？我决不放弃这万一的希望。

但是，结果并不像想象的那样，我到处找来找去，终于怀着一颗失望的心走回旅馆去。

第二天，天还没有明，我们就乘飞机到阿拉木图去了。在这个美丽的山城里访问了五天之后，又在一天的下午飞回塔什干来。

我们这一次回来，只能算是过路，第二天天一亮，我们就要离开这里了。这一次离开同上一次不一样，这是真正的离开。

这一次我心里真正有点急了。

吃过晚饭，我又走到广场上去。我走近书亭，上面写着人名书名的木牌还立在那里。我走过喷水池，白练似的流水照旧泛出了红红绿绿的光彩。我走过玫瑰花丛，玫瑰在寂寞地散放着浓烈的香气。我到处徘徊留连，我是怀着满腔依依难舍的心情，到这里来同塔什干和塔什干人民告别的。

实在出我意料，当我走回旅馆的时候，我从远处看到旅馆门口有几个小男孩挤在那里，向里面探头探脑。我刚走上台阶，一个小孩子一转身，突然扑到我的身边来：这正是我已经寻找了许久而没有找到的那一个男孩。这一次的见面带给他的喜悦，不但远非第一次见面时的喜悦可比，也决非第二次见面时他的喜悦可比。他紧紧地抓住我的双手，双脚都在跳；松了我的手，又抱住我的腰，脸上兴奋得一片红，连气都喘不上来了。

他断断续续地告诉我，他是来找我的，过去五天，他天天都来。

“你怎么知道我还在这里呢？”

“我猜您还在这里。”

“别的代表都已经走了，你这猜想未免太大胆了。”

“一点也不大胆，我现在不是找到您了吗？”

我大笑起来，不得不承认他是对的。

这是一次在濒于绝望中的意外的会见。中国旧小说里有两句话："踏破铁鞋无觅处，得来全不费功夫"，并不能写出我当时的全部心情。"蓦然回头，那人却在灯火阑珊处"，也只能描绘出我的心情的一小部分。我从来不相信世界上会有什么奇迹；现在我却感觉到，世界上毕竟是有奇迹的，虽然我对这一个名词的理解同许多人都不一样。

我当时十分兴奋，甚至有点慌张。我说了声："你在这里等我，不要走！"就跑进旅馆，连电梯也来不及上，飞快地爬上五层楼，把我早已经准备好了的礼物拿下来，又跑到餐厅里找中国同志要毛主席纪念章，然后匆匆忙忙地跑出去。我送给那一个男孩子一张织着天安门的杭州织锦和一枚毛主席的纪念像章，我亲手给他别在衣襟上。同他在一块儿的三四个男孩子，我也在每个人的衣襟上别了一枚毛主席的纪念像章。这一些孩子简直像一群小老虎，一下子扑到我身上来，搂住我的脖子，在我脸上使劲地亲吻。在惊慌失措中，我清清楚楚地听到清脆的吻声。

我现在再不能放过机会了，我要问一下他的姓名和住址。他就在我的笔记本上写了：谢尼亚·黎维斯坦。我们认识了也好多天了，在这临别的一刹那，我才知道了他的名字。我叫了他一声："谢尼亚！"心里有说不出的感觉。只写了姓名和地址，他似乎还不满意，他又在后面加上了几句话：

我永远也不会忘记您，亲爱的季美林！希望您以后再回到塔什干来。再见吧，从遥远的中国来的朋友！

谢尼亚

有人在里面喊我，我不得不同谢尼亚和他的小朋友们告别了。

因为过于兴奋，过于高兴，我在塔什干最后的一夜又是一个失眠之夜。我翻来覆去地想到这一次奇迹似的会见。这一次会见虽然时间仍然不长，但是却很有意义。在我这方面，我得到机会问清楚这个小孩子的姓名和地址，以便以后联系；不然的话，他就像是一滴雨水落在大海里，永远不会再找到了。在小孩子方面，他找到了我，在他那充满了对中国的热爱的小小的心灵里，也不会永远感到缺了什么东西。这十几分钟会见的意义是无法用言语表达的。

想来想去，无论如何再也睡不着。我站起来，拉开窗幔：对面纳瓦依大剧院的霓虹灯还在闪闪发光。广场上只有稀稀落落的几个人影。那一丛丛的玫瑰花的确是看不清楚了；但是，根据方向，我依然能够知道它们在什么地方；我也知道，在黑暗中，它们仍然在散发着芬芳浓烈的香气。

1961 年 7 月 5 日

# 两个乞丐

时间已经过去了七十多年；但是两个乞丐的影像总还生动地储存在我的记忆里，时间越久，越显得明晰。我说不出理由。

我小的时候，家里贫无立锥之地，没有办法，六岁就离开家乡和父母，到济南去投靠叔父。记得我到了不久，就搬了家，新家是在南关佛山街。此时我正上小学。在上学的路上，有时候会在南关一带，圩子门内外，城门内外，碰到一个老乞丐，是个老头儿，头发胡子全雪样地白，蓬蓬松松，像是深秋的芦花。偏偏脸色有点发红。现在想来，这决不会是由于营养过度，体内积存的胆固醇表露到脸上来。他连肚子都填不饱，哪里会有什么佳肴美食可吃呢？这恐怕是一种什么病态。他双目失明，右手拿一根长竹竿，用来探路；左手拿一只破碗，当然是准备接受施舍的。他好像是无法找到施主的大门，没有法子，只有亮开嗓子，在长街上哀号。他那种动人心魄的哀号声，同嘈杂的市声搅混在一起，在车水马龙中，嘹亮清澈，好像上面的天空，下面的大地都在颤动。唤来的是几个小制钱和半块窝窝头。

像这样的乞丐，当年到处都有。最初并没有引起我的注意。可是久而久之，我对他注意了。我说不出理由。我忽然在内心里对他油然起了一点同情之感。我没有见到过祖父，我不知道祖父之爱是什么样子。别人的爱，我享受得也不多。母亲是十分爱我的，可惜我享受的时间太短太短了。我是一个孤寂的孩子。难道在我那幼稚孤寂的心灵里在这个老丐身上顿时看到祖父的影子了吗？我喜欢在路上碰到他，我喜欢听他的哀号声。到了后来，我竟自己忍住饥饿，把每天从家里拿到的买早点用的几个小制钱，统统递到他的手里，才心安理得，算是了了一天的心事，否则就好像缺了点什么。当我的小手碰到他那粗黑得像树皮一般的手时，我心里说不出是什么滋味：怜悯、喜爱、同情、好奇混搅在一起，最终得到的是极大的欣慰。虽然饿着肚子，也觉得其乐无穷了。他从我的手里接过那几个还带着我的体温的小制钱时，难道不会感到极大的欣慰，觉得人世间还有那么一点温暖吗？

这样大概过了没有几年，我忽然听不到他的哀叫声了。我觉得生活中缺了点什么。我放学以后，手里仍然捏着几个沾满了手汗的制钱，沿着他常走动的那几条街巷，瞪大了眼睛看，伸长了耳朵听。好几天下来，既不闻声，也不见人。长街上依然车水马龙，这老乞丐却哪里去了呢？我感到凄凉，感到孤寂。好几天心神不安。从此这个老乞丐就从我眼里消逝，永远永远地消逝了。

差不多在同时，或者稍后一点，我又遇到了另一个老乞丐，仅有一点不同之处：这是一个老太婆。她的头发还没有全白，但蓬乱如秋后的杂草。面色黧黑，满是皱纹，一点也没有老头儿那样的红润。她右手持一根短棍。因为她也是双目失明，棍子是用来探路的。不知为什么，她能找到施主的家门。我第一次见到她，就是在我家的二门外面。她从不在大街上叫喊，而是在门口高喊："爷爷！奶奶！可怜可怜我吧！"也许是因为，她到我们家来，从不会空手离开的，她对我们家产生了感情；所以，隔上一段时间，她总会来一次的。我们成了熟人。

据她自己说，她住在南圩子门外乱葬岗子上的一个破坟洞里。里面是否还有棺材，她没有说。反正她瞎着一双眼，即使有棺材，她也看不见。即使真有鬼，对她这个瞎子也是毫无办法的。多么狰狞恐怖的形象，她也是眼不见，心不怕。这是一种什么样的日子，我今天回想起来，都有点觉得毛骨悚然。

不知道为什么，她竟然还有闲情逸致来种扁豆。她不知从哪里弄了点扁豆种子，就栽在坟洞外面的空地上，不时浇点水。到了夏天，扁豆是不会关心主人是否是瞎子的，一到时候，它就开花结果。这个老乞丐把扁豆摘下来，装到一个破竹筐子里，拄上了拐棍，摸摸索索来到我家二门外面，照例地喊上几声。我连忙赶出来，看到扁豆，碧绿如翡翠，新鲜似带露，我一时吃惊得说不出话来。我当时还不到十岁，虽有感情，决不会有现在这样复杂、曲折。我不会想象，这个老婆子怎样在什么都看不到的情况下，刨土、下种、浇水、采摘。这真是一首绝妙好诗的题目。可是限于年龄，对这一些我都木然懵然。只觉得这件事颇有点不寻常而已。扁豆并不是什么名贵的东西，然而老乞丐心中有我们一家，从她手中接过来的扁豆便非常非常不寻常了。这一点我当时朦朦胧胧似乎感觉到了，这扁豆的滋味也随之大变。在我一生中，在那以前我从没有吃过那样好吃的扁豆，在那以后也从未有过。我于是真正喜欢上了这一个老年的乞丐。

然而好景不长,这样也没有过上几年。有一年夏天，正是扁豆开花结果的时候，我天天盼望在二门外面看到那个头发蓬乱鹑衣百结的老乞丐。然而却是天天失望，我又感到凄凉，感到孤寂，又是好几天心神不宁。从此这一个老太婆同上面说的那一个老头子一样，在我眼前消逝了，永远永远地消逝了。

到了今天，时间已经过去了七十多年。我的年龄恐怕早已超过了当年这两个乞丐的年龄。不知道是为什么我又突然想起了他俩。我说不出理由。不管我表面上多么冷，我内心里是充满了炽热的感情的。但是当时我涉世未久，或者还根本不算涉世，人间沧桑，世态炎凉，我一概不懂。我的感情是幼稚而淳朴的，没有后来那一些不切实际的非常浪漫的想法。两位老乞丐在绝对孤寂凄凉中离开人世的情景，我想都没有想过。在当年那种社会里，人的心都是非常硬的，几乎人人都有一副铁石心肠，否则你就无法活下去。老行幼效，我那时的心，不管有多少感情，大概比现在要硬多了。唯其因为我的心硬，我才能够活到今天的耄耋之年。事情不正是这样子吗？

我现在已经走到了快让别人回忆自己的时候了。这两个老乞丐在我回忆中保留的时间也不会太久了。今天即使还有像我当年那样心软情富的孩子，但是人间已经换过，再也不会有那样的乞丐供他们回忆了。在我以后，恐怕再也不会出现我这样的人了。我心甘情愿地成为有这样回忆的最后一个人。

1992 年 12 月 26 日

# 我的女房东

我已经多次谈到我的女房东欧朴尔太太。

我在这里还要再集中来谈。

我不能不谈她。

我们共同生活了整整十年，共过安乐，也共过患难。在这漫长的时间内，她为我操了不知多少心，她确实像我自己的母亲一样。回忆起她来，就像回忆一个甜美的梦。

她是一个平平常常的德国妇女。我初到的时候，她大概已有五十岁了，比我大二十五六岁。她没有多少惹人注意的特点，相貌平平常常，衣着平平常常，谈吐平平常常，爱好平平常常，总之是一个非常平常的人。

然而，同她相处的时间越久，便越觉得她在平常中有不平常的地方：她老实，她诚恳，她善良，她和蔼，她不会吹嘘，她不会撒谎。她也有一些小小的偏见与固执，但这些也都是平平常常的，没有什么越轨的地方；这只能增加她的人情味，而决不能相反。同她相处，不必费心机、设提防，一切都自自然然，使人如处和暖的春风中。

她的生活是十分单调的、平凡的。她的天地实际上就只有她的家庭。中国有一句话说：妇女围着锅台转。德国没有什么锅台，只有煤气灶或电气灶。我的女房东也就是围着这样的灶转。每天一起床，先做早点，给她丈夫一份，给我一份。然后就是无尽无休地擦地板、擦楼道、擦大门外面马路旁边的人行道。地板和楼道天天打蜡，打磨得油光锃亮。楼门外的人行道，不光是扫，而且是用肥皂水洗。人坐在地上，决不会沾上半点尘土。德国人爱清洁，闻名全球。德文里面有一个词儿 Putzteufel，指打扫房间的洁癖，或有这样洁癖的女人。Teufel 的意思是“魔鬼”，Putz 的意思是“打扫”。别的语言中好像没有完全相当的字。我看，我的女房东，同许多德国妇女一样，就是一个不折不扣的“清扫魔鬼”。

我在生活方面所有的需要，她一手包下来了。德国人生活习惯同中国人不同。早晨起床后，吃早点，然后去上班；十一点左右，吃自己带去的一片黄油夹香肠或奶酪的面包；下午一点左右吃午饭。这是一天的主餐，吃的都是热汤热菜，主食是土豆。下午四点左右，喝一次茶，吃点饼干之类的东西。晚上七时左右吃晚饭，泡一壶茶或者咖啡，吃凉面包、香肠、火腿、干奶酪，等等。我是一个年轻的穷学生，一无时间，二无钱来摆这个谱儿。我还是中国老习惯，一日三餐。早点在家里吃，一壶茶，两片面包。午饭在外面馆子里或学生食堂里吃，都是热东西。晚上回家，女房东把他们中午吃的热餐给我留下一份。因此，我的晚餐也都是热汤热菜，同德国人不一样，这基本上是中国办法。这都是女房东在了解了中国人的吃饭习惯之后精心安排的。我每天在研究所里工作了一整天之后，回到家来，能够吃上一顿热乎乎的晚饭，心里当然是美滋滋的。对女房东这番情意，我是由衷地感激的。

晚饭以后，我就在家里工作。到了晚上十点左右，女房东进屋来，把我的被子铺好，把被罩拿下来，放到沙发上。这工作其实是非常简单的，我自己尽可以做。

但是，女房东却非做不可，当年她儿子住这一间屋子时，她就是天天这样做的。铺好床以后，她就站在那里，同我闲聊。她把一天的经历，原原本本，详详细细，都向我“汇报”。她见了什么人，买了什么东西，碰到了什么事情，到过什么地方，一一细说，有时还绘声绘形，说得眉飞色舞。我无话可答，只能洗耳恭听。她的一些婆婆妈妈的事情，我并不感兴趣。但是，我初到德国时，听说德语的能力都不强。每天晚上上半小时的“听力课”，对我大有帮助。我的女房东实际上成了我的不收费的义务教员。这一点我从来没有对她说，她也永远不会懂的。“汇报”完了以后，照例说一句：“夜安！祝你愉快地安眠！”我也说同样的话，然后她退出，回到自己的房间里。我把皮鞋放在门外，明天早晨，她把鞋擦亮。我这一天的活动就算结束了，上床睡觉。其余许多杂活，比如说洗衣服、洗床单、准备洗澡水，等等，无不由女房东去干。德国被子是鸭绒的，鸭绒没有被固定起来，在被套里面享有绝对自由活动的权利。我初到德国时，很不习惯，睡下以后，在梦中翻两次身，鸭绒就都活动到被套的一边去，这里绒毛堆积如山，而另一边则只剩下两层薄布，当然就不能御寒，我往往被冻醒。

我向女房东一讲，她笑得眼睛里直流泪。她于是细心教我使用鸭绒被的方法。我就像一个小孩子一样，在她的照顾下愉快地生活。

她的家庭看来是非常和睦的，丈夫忠厚老实，一个独生子不在家，老夫妇俩对儿子爱如掌上明珠。我记得，有一段时间，老头儿月月购买哥廷根的面包和香肠，打起包裹，送到邮局，寄给在达姆施塔特（Darmstadt）高工念书的儿子。老头儿腿有点毛病，走路一瘸一拐，很不灵便；虽然拿着手杖，仍然非常吃力。可他不辞辛劳，月月如此。后来老夫妇俩出去度假，顺便去看儿子。到儿子的住处大学生宿舍里去，一瞥间，他们看到老头儿千辛万苦寄来的面包和香肠，却发了霉，干瘪瘪地躺在桌子下面。老头儿怎样想，不得而知。老太太回家后，在晚上向我“汇报”时，絮絮叨叨地讲到这件事，说她大为吃惊。但是，奇怪的是，老头儿还是照样拖着两条沉重的腿，把面包和香肠寄走。我不禁想到，“可怜天下父母心”，古今中外之所同。然而儿女对待父母的态度，东西方却大不相同了。章太太的男房东可以为证。我并不提倡愚忠愚孝。但是，即使把父母与子女之间的关系，化为一般人与人之间的关系，像房东儿子的做法不也是有点过分了吗?

女房东心里也是有不平的。

儿子结了婚,住在外城,生了一个小孙女。有一次,全家回家来探望父母。儿媳长得非常漂亮,衣着也十分摩登。但是,女房东对她好像并不热情,对小孙女也并不宠爱。儿媳是年轻人,对好多事情有点马大哈,从中也可以看出德国两代人之间的"代沟"。有一天,儿媳使用手纸过多,把马桶给堵塞了。老太太非常不满意,拉着我到卫生间指给我看。脸上露出了许多怪物相,有愤怒,有轻蔑,有不满,有憎怨。此事她当然不能对儿子讲,连丈夫大概也没有敢讲,茫茫宇宙间她只有对我一个人诉说不平了。

女房东也是有偏见的。

关于戴帽子的偏见,我在上面已经谈过了,这里不再重复。她的偏见不只限于这一点,而且最突出的也不是这一件事。最突出的是宗教偏见。她自己信奉的是耶稣教,对天主教怀有莫名其妙的刻骨仇恨。世界各地区各民族都毫无例外地有宗教偏见,这种偏见比任何其他偏见都更偏见。欧洲耶稣基督教新旧两派之间的偏见,也是异常突出的。我的女房东没有很高的文化,她的偏见也因而更固执。但她偏偏碰到一个天主教的好人。女房东每个月要雇人洗一次衣服、床单等等。承担这项工作的是一个天主教的老处女，年纪比女房东还要大，总有六十多岁了。她没有财产，没有职业，就靠帮人洗衣服为生。人非常老实，一天说不了几句话。却是一个十分虔诚的信徒，每月的收入，除了维持极其简朴的生活以外，全都交给教堂。她大概希望百年之后能够在虚无缥缈的天堂里占一个角落吧。女房东经常对我说："特雷莎（Therese）忠诚得像黄金一样。"特雷莎是她的名字。但是，忠诚归忠诚，一提到宗教，女房东就愤愤不平，晚上向我"汇报"时，对她也时有微词，具体的例子却从来没有听说过。

我的女房东就是这样一个有不平、有偏见、有自己的与宇宙大局世界大局和国家大局无关的小忧愁小烦恼，这样那样的特点的平平常常的人；却是一个心地善良、厚道，不会玩弄任何花招的平常人。

她的一生也是颇为坎坷的，走的并非都是阳关大道。据她自己说，第一次世界大战前，德国人家里普遍都有金子，她家里也一样。大战一结束，德国发了疯似的通货膨胀，把她的一点点黄金都膨胀光了，成了无金阶级。到了第二次世界大战，她只是靠工资过日子。她对政治不感兴趣，她从来不赞扬希特勒，当然更不懂去反对他。由于种族偏见，犹太人她是反对的，但也说不上是“积极分子”，只是随大流而已。她在乡下没有关系户，食品同我一样短缺。在大战中间，她丈夫饿得从一个大胖子变成一个瘦子，终于离开了人世。老两口儿一生和睦相处，我从来没有听到他们俩拌过嘴，吵过架。老头儿一死，只剩下她孤零一人。儿子极少回来，屋子里空荡荡的。她心里是什么滋味，我不知道。从表面上看，她只能同我这一个异邦的青年相依为命了。

战争到了接近尾声的时候，日子越来越难过。不但食品短缺，连燃料也无法弄到。哥廷根市政府俯顺民情，决定让居民到山上去砍伐树木。在这里也可以看到德国人办事之细致、之有条不紊、之遵守法纪。政府工作人员在茫茫的林海中划出了一个可以砍伐的地区，把区内的树逐一检查，可以砍伐者画上红圈。砍伐没有红圈的树，要受到处罚。女房东家里没有劳动力，我当然当仁不让，陪她上山，砍了一天树，运下山来，运到一个木匠家里，用机器截成短段，然后运回家来，储存在地下室里，供取暖之用。由于那一个木匠态度非常坏，我看不下去，同他吵了一架。他过后到我家来，表示歉意。我觉得，这不过是小事一端，一笑置之而已。

我的女房东是一个平常人，当然不能免俗。当年德国社会中非常重视学衔，说话必须称呼对方的头衔。对方是教授，必须呼之为“教授先生”；对方是博士，必须呼之为“博士先生”。不这样，就显得有点不礼貌。女房东当然不会是例外。我通过了博士口试以后，当天晚上“汇报”时，她突然笑着问说：“我从今以后是不是要叫你‘博士先生’？”我真是大吃一惊，是我万万没有想到的。我连忙说：“完全没有必要！”她也不再坚持，仍然照旧叫我“季先生”，我称她为“欧朴尔太太”，相安无事。

一想到我的母亲般的女房东，我就回忆联翩。在漫长的十年中，我们晨夕相处，从来没有任何矛盾。值得回忆的事情实在太多了，即使回忆困难时期的情景，这回忆也仍然是甜蜜的。这些回忆一时是写不完的，因此我也就不再写下去了。

离开德国以后，在瑞士停留期间，我曾给女房东写过几次信。回国以后，在北平，我费了千辛万苦，弄到了一罐美国咖啡，大喜若狂。我知道，她同许多德国人一样，嗜咖啡若命。我连忙跑到邮局，把邮包寄走，期望它能越过千山万水，送到老太太手中，让她在孤苦伶仃的生活中获得一点喜悦。我不记得收到了她的回信。到了五十年代，“海外关系”成了十分危险的东西。我再也不敢写信给她，从此便云天渺茫，互不相闻。正如杜甫所说的“明日隔山岳，世事两茫茫”了。

1983 年，在离开哥廷根将近四十年之后，我又回到了我的第二故乡。我特意挤出时间，到我的故居去看了看。房子整洁如故，四十年漫长岁月的痕迹一点也看不出来。我走上三楼，我的住房门外的铜牌上已经换了名字。我也无从打听女房东的下落，她恐怕早已离开了人世，同她丈夫一起，静卧在公墓的一个角落里。我回首前尘，百感交集。人生本来就是这样，我有什么办法呢？我只有虔心祷祝她那在天之灵——如果有的话——永远安息。

1994 年 2 月 25 日

# 三个小女孩

我生平有一桩往事：一些孩子无缘无故地喜欢我，爱我；我也无缘无故地喜欢这些孩子，爱这些孩子。如果我以糖果饼饵相诱，引得小孩子喜欢我，那是司空见惯，平平常常，根本算不上什么“怪事”。但是，对我来说，情况却绝对不是这样。我同这些孩子都是偶然相遇，都是第一次见面，我语不惊人，貌不压众，不过是普普通通，不修边幅，常常被人误认为是学校的老工人。这样一个人而能引起天真无邪、毫无功利目的、两三岁以至十一二岁的孩子的欢心，其中道理，我解释不通，我相信，也没有别人能解释通，包括赞天地之化育的哲学家们在内。

我说这是一桩“怪事”，不是恰如其分吗？不说它是“怪事”，又能说它是什么呢？

大约在五十年代，当时老祖和德华还没有搬到北京来。我暑假回济南探亲。我的家在南关佛山街。我们家住西屋和北屋，南屋住的是一家姓田的木匠。他有一儿二女，小女儿名叫华子，我们把这个小名又进一步变为爱称：“华华儿。”她大概只有两岁，路走不稳，走起来晃晃荡荡，两条小腿十分吃力，话也说不全。按辈分，她应该叫我“大爷”；但是华华还发不出两个字的音，她把“大爷”简化为“爷”。一见了我，就摇摇晃晃，跑了过来，满嘴“爷”“爷”不停地喊着。走到我跟前，一下子抱住了我的腿，仿佛有无限的乐趣。她妈喊她，她置之不理，勉强抱走，她就哭着奋力挣脱。有时候，我在北屋睡午觉，只觉得周围鸦雀无声，阒静幽雅。“北堂夏睡足”，一枕黄粱，猛一睁眼：一个小东西站在我的身旁，大气不出。一见我醒来，立即“爷”“爷”叫个不停，不知道她已经等了多久了。我此时真是万感集心，连忙抱起小东西，连声叫着“华华儿”。有一次我出门办事，回来走到大门口，华华妈正把她抱在怀里，她说，她想试一试华华，看她怎么办。然而奇迹出现了：华华一看到我，立即用惊人的力量，从妈妈怀里挣脱出来，举起小手，要我抱她。她妈妈说，她早就想到有这种可能，却没有想到华华挣脱的力量竟是这样惊人地大。大家都大笑不止，然而我却在笑中想流眼泪。有一年，老祖和德华来京小住，后来听同院的人说，在上着锁的西屋门前，天天有两个小动物在那里蹲守：一个是一只猫，一个是已经长到三四岁的华华。“可怜小儿女，不解忆长安。”华华大概还不知道什么北京，不知道什么别离。天天去蹲守，她那天真稚嫩的心灵里，不知是什么滋味，望眼欲穿而不见伊人。她的失望，她的寂寞，大概她自己也说不出，只能意会而不能言传了。

上面是华华的故事，下面再讲吴双的故事。

八十年代的某一年，我应邀赴上海外国语大学去访问。我的学生吴永年教授十分热情地招待我。学校领导陪我参观，永年带了他的妻子和女儿吴双来见我。吴双大概有六七岁光景，是一个秀美、文静、活泼、伶俐的小女孩。我们是第一次见面，最初她还有点腼腆，叫了一声“爷爷”以后，低下头，不敢看我。但是，我们在校园中走了没有多久，她悄悄地走过来，挽住我的右臂，扶我走路，一直偎依在我的身旁，她爸爸妈妈都有点吃惊，有点不理解。我当然更是吃惊，更是不理解。一直等到我们参观完了图书馆和许多大楼，吴双总是寸步不离地挽住我的右臂，到我们不得不离开学校，不得不同吴双和她爸爸妈妈分手为止，吴双眼睛中流露出依恋又颇有一点凄凉的眼神。从此，我们就结成了相差六七十岁的忘年交。她用幼稚但却认真秀美的小字写信给我。我给永年写信，也总忘不了吴双。我始终不知道，我有什么地方值得这样一个聪明可爱的小女孩眷恋？

上面是吴双的故事，现在轮到未未了。未未是一个十二岁的小女孩，姓贾。爸爸是延边大学出版社的社长，学国文出身，刚强、正直、干练，是一个决不会阿谀奉承的硬汉子。母亲王文宏，延边大学中文系副教授，性格与丈夫迥乎不同，多愁、善感、温柔、淳朴、感情充沛，用我的话来说，就是：感情超过了需要。她不相信天底下还有坏人，她是个才女，写诗，写小说，在延边地区颇有点名气，研究的专行是美学、文艺理论与禅学，是一个极有前途的女青年学者。十年前，我在北大通过刘烜教授的介绍，认识了她。去年秋季她又以访问学者的名义重返北大，算是投到了我的门下。一年以来，学习十分勤奋。我对美学和禅学，虽然也看过一些书，并且有些想法和看法，写成了文章，但实际上是“野狐谈禅”，成不了正道的。蒙她不弃，从我受学，使得我经常觳觫不安，如芒刺在背。也许我那一些内行人决不会说的石破天惊的奇谈怪论，对她有了点用处？连这一点我也是没有自信的。

由于她母亲在北大学习，未未曾于寒假时来北大一次，她父亲也陪来了。第一次见面，我发现未未同别的年龄差不多的女孩不一样。面貌秀美，逗人喜爱，但却有点苍白。个子不矮，但却有点弱不禁风。不大说话，说话也是慢声细语。文宏说她是娇生惯养惯了，有点自我撒娇。但我看不像。总之，第一次见面，这个东北长白山下来的小女孩，对我成了个谜。我约了几位朋友，请她全家吃饭。吃饭的时候,她依然是少言寡语。但是，等到出门步行回北大的时候，却出现了出我意料的事情。我身居师座，兼又老迈，文宏便从左边扶住我的左臂搀扶着我。说老实话，我虽老态龙钟，但却还不到非让人搀扶不行的地步。文宏这一番心意我却不能拒绝，索性倚老卖老，任她搀扶，倘若再递给我一个龙头拐杖，那就很有点旧戏台上佘太君或者国画大师齐白石的派头了。然而，正当我在心中暗暗觉得好笑的时候，未未却一步抢上前来，抓住了我的右臂来搀扶住我，并且示意她母亲放松抓我左臂的手，仿佛搀扶我是她的专利，不许别人插手。她这一举动，我确实没有想到。然而，事情既然发生——由它去吧！

过了不久，未未就回到了延吉。适逢今年是我八十五岁生日，文宏在北大虽已结业，却专门留下来为我祝寿。她把丈夫和女儿都请到北京来，同一些在我身边工作了多年的朋友，为我设寿宴。最后一天，出于玉洁的建议，我们一起共有十六人之多，来到了圆明园。圆明园我早就熟悉，六七十年前，当我还在清华大学读书的时候，晚饭后，常常同几个同学步行到圆明园来散步。此时圆明园已破落不堪，满园野草丛生，狐鼠出没，“西风残照，清家废宫”，我指的是西洋楼遗址。当年何等辉煌，而今只剩下几个汉白玉雕成的古希腊式的宫门，也都已残缺不全。“牧童打碎了龙碑帽”，虽然不见得真有牧童，然而情景之凄凉、寂寞，恐怕与当年的明故宫也差不多了。我们当时还都很年轻，不大容易发思古之幽情，不过爱其地方幽静，来散散步而已。

新中国成立后，北大移来燕园，我住的楼房，仅与圆明园有一条马路之隔。登上楼旁小山，遥望圆明园之一角绿树蓊郁，时涉遐想。今天竟然身临其境，早已面目全非，让我连连吃惊，仿佛美国作家 Washington Irving 笔下的 Rip Van Winkle，“山中方七日，世上几千年”，等他回到家乡的时候，连自己的曾孙都成了老爷爷，没有人认识他了。现在我已不认识圆明园了，圆明园当然也不会认识我。园内游人摩肩接踵，多如过江之鲫。而商人们又竞奇斗妍，各出奇招，想出了种种的门道，使得游人如痴如醉。我们当然也不会例外，痛痛快快地畅游了半天，福海泛舟，饭店盛宴。我的“西洋楼”却如蓬莱三山，不知隐藏在何方了？

第二天是文宏全家回延吉的日子。一大早，文宏就带了未未来向我辞行。我上面已经说到，文宏是感情极为充沛的人，虽是暂时别离，她恐怕也会受不了。小萧为此曾在事前建议过：临别时，谁也不许流眼泪。在许多人心目中，我是一个怪人，对人呆板冷漠，但是，真正了解我的人却给我送了一个绰号：“铁皮暖瓶”，外面冰冷而内心极热。我自己觉得，这个比喻道出了一部分真理，但是，我现在已届望九之年，我走过阳关大道，也走过独木小桥，天使和撒旦都对我垂青过。一生磨炼，已把我磨成了一个“世故老人”，于必要时，我能够运用一个世故老人的禅定之力，把自己的感情控制住。年轻人，道行不高的人，恐怕难以做到这一点的。

现在，未未和她妈妈就坐在我的眼前。我口中念念有词，调动我的定力来拴住自己的感情，满面含笑，大讲苏东坡的词："月有阴晴圆缺，人有悲欢离合，此事古难全。"又引用俗语："千里搭凉棚，没有不散的筵席。"自谓"口若悬河泻水，滔滔不绝"。然而，言者谆谆，而听者藐藐。文宏大概为了遵守对小萧的诺言，泪珠只停留在眼眶中，间或也滴下两滴。而未未却不懂什么诺言，不会有什么定力，坐在床边上，一语不发，泪珠仿佛断了线似的流个不停。我那八十多年的定力有点动摇了，我心里有点发慌，连忙强打精神，含泪微笑，送她母女出门。一走上门前的路，未未好像再也忍不住了，一把抓住了我的胳臂，伏在我怀里，哭了起来。热泪透过了我的衬衣，透过了我的皮肤，热意一直滴到我的心头。我忍住眼泪，捧起未未的脸，说："好孩子！不要难过！我们还会见面的！"未未说："爷爷！我会给你写信的！"我此时的心情，连才尚未尽的江郎也是写不出来的，他那名垂千古的《别赋》中，就找不到对类似我现在的心情的描绘，何况我这样本来无才可尽的俗人呢？我挽着未未的胳臂，送她们母女过了楼西曲径通幽的小桥，又忽然临时顿悟：唐朝人送别有灞桥折柳的故事。我连忙走到湖边，从一棵垂柳上折下了一条柳枝，递到文宏手中。我一直看她母女俩折过小山，向我招手，直等到连消逝的背影也看不到的时候，才慢慢地走回家来。此时，我再不需要我那劳什子定力，索性让眼泪流个痛快。

三个女孩的故事就讲完了。

还不到两岁的华华为什么对我有这样深的感情，我百思不得其解。

五六岁第一次见面的吴双，为什么对我有这样深的感情，我千思不得其解。

十二岁下半年才能上初中的未未，为什么对我有这样深的感情，我万思不得其解。

然而这都是事实，我没有半个字的虚构。我一生能遇到这样三个小女孩，就算是不虚此生了。

到今天，华华已经超过四十岁。按正常的生活秩序，她早应该“绿叶成荫”了，不知道她是否还记得我这“爷”？

吴双恐大学已经毕业了，因为我同她父亲始终有联系，她一定还会记得我这样一位“北京爷爷”的。

至于未未，我们离别才几天。我相信，她会遵守自己的诺言给我写信的。而且她父亲常来北京，她母亲也有可能再到北京学习、进修。我们这一次分别，仅仅不过是为下一次会面创造条件而已。

像奇迹一般，在八十多年内，我遇到了这样三个小女孩，是我平生一大乐事，一桩怪事，但是人们常说，普天之下，没有无缘无故的爱。可是我这“缘”何在？我这“故”又何在呢？佛家讲因缘，我们老百姓讲“缘分”。虽然我不信佛，从来也不迷信，但是我只能相信“缘分”了。在我走到那个长满了野百合花的地方之前，这三个同我有着说不出是怎样来的缘分的小姑娘，将永远留在我的记忆中，保留一点甜美，保留一点幸福，给我孤寂的晚年涂上点有活力的色彩。

1996年8月

# 第二辑 花木有意人有情

这苍老的枸杞树就是我的宇宙。不，这叶片就是我的全宇宙。我替它把长长的绿色的虫子拿下来，摔在地上。对了它，我描画给自己种种涂着彩色的幻象，我把我的童稚的幻想，拴在这苍老的枝干上。

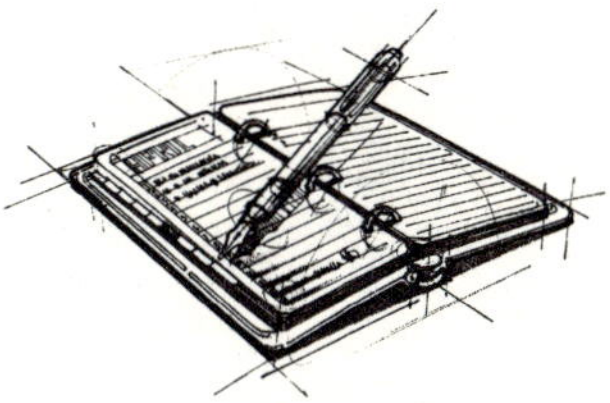

# 枸杞树

在不经意的时候，一转眼便会有一棵苍老的枸杞树的影子飘过。这使我困惑。最先是去追忆：什么地方我曾看见这样一棵苍老的枸杞树呢？是在某处的山里么？是在另一个地方的一个花园么？但是，都不像。最后，我想到才到北平时住的那个公寓，于是我想到这棵苍老的枸杞树。

我现在还能很清晰地温习一些事情：我记得初次到北平时，在前门下了火车以后，这古老都市的影子，更像一个秤锤，沉重地压在我的心上。我迷惘地上了一辆洋车，跟着木屋似的电车向北跑。远处是红的墙，黄的瓦。我是初次看到电车的。我想，"电"不是很危险吗？后面的电车上的脚铃响了。我坐的洋车仍然在前面悠然地跑着。我感到焦急，同时，我的眼仍然“如入山阴道上，应接不暇”，我仍然看到，红的墙，黄的瓦。终于，在焦急、又因为初踏入一个新的境地而生的迷惘的心情下，折过了不知多少满填着黑土的小胡同以后，我被拖到西城的某一个公寓里去了。我仍然非常迷惘而有点近于慌张，眼前的一切都仿佛给一层轻烟笼罩起来似的，我看不清院子里有什么东西，我甚至也没有看清我住的小屋，黑夜跟着来了，我便糊里糊涂地睡下去，做了许许多多离奇古怪的梦。

虽然做了梦，但是却没有能睡得很熟。刚看到窗上有点发白，我就起来了。因为心比较安定了一点，我才开始看得清楚：我住的是北屋，屋前的小院里，有不算小的一缸荷花，四周错落地摆了几盆杂花。我记得很清楚：这些花里面有一棵仙人头，几天后，还开了很大的一朵白花，但是最惹我注意的，却是靠墙长着的一棵枸杞树，已经长得高过了屋檐，枝干苍老钩曲像千年的古松，树皮皱着，色是黝黑的，有几处已经开了裂。幼年在故乡里的时候，常听人说，枸杞是长得非常慢的，很难成为一棵树。现在居然有这样一棵虬干的老枸杞站在我面前，真像梦。梦又掣开了轻渺的网，我这是站在公寓里么？于是，我问公寓的主人，这枸杞有多大年龄了，他也渺茫：他初次来这里开公寓时，这树就是现在这样，三十年来，没有多少变动。这更使我惊奇，我用惊奇的太息眼光注视着这苍老的枝干在沉默着，又注视着接连着树顶的蓝蓝的长天。

就这样，我每天看书乏了，就总到这树底下徘徊。在细弱的枝条上，蜘蛛结着网，间或有一片树叶儿或苍蝇蚊子之流的尸体黏在上面。在有太阳或灯光照上去的时候，这小小的网也会反射出细弱的清光来。倘若再走近一点，你又可以看到许多叶上都爬着长长的绿色的虫子，在爬过的叶上留了半圆缺口。就在这有着缺口的叶片上，你可以看到各样的斑驳陆离的彩痕。对了这彩痕，你可以随便想到什么东西：想到地图，想到水彩画，想到被雨水冲过的墙上的残痕，再玄妙一点，想到宇宙，想到有着各种彩色的迷离的梦影。这许许多多的东西，都在这小的叶片上呈现给你。当你想到地图的时候，你可以任意指定一个小的黑点，算做你的故乡。再大一点的黑点，算做你曾游过的湖或山，你不是也可以在你心的深处浮起点温热的感觉么？这苍老的枸杞树就是我的宇宙。不，这叶片就是我的全宇宙。我替它把长长的绿色的虫子拿下来，摔在地上。对了它，我描画给自己种种涂着彩色的幻象，我把我的童稚的幻想，拴在这苍老的枝干上。

在雨天，牛乳色的轻雾给每件东西涂上一层淡影。这苍黑的枝干更显得黑了。雨住了的时候，有一两个蜗牛在上面悠然地爬着，散步似的从容。蜘蛛网上残留的雨滴，静静地发着光。一条虹从北屋的脊上伸展出去，像拱桥不知伸到什么地方去了。这枸杞的顶尖就正顶着这桥的中心。不知从什么地方来的阴影，渐渐地爬过了西墙。墙隅的蜘蛛网，树叶浓密的地方仿佛把这阴影捉住了一把似的，渐渐地黑起来。只剩了夕阳的余晖返照在这苍老的枸杞树的圆圆的顶上，淡红的一片，熠耀着，俨然如来佛头顶上金色的圆光。

以后，黄昏来了，一切角隅皆为黄昏所占领了。我同几个朋友出去到西单一带散步。穿过了花市，晚香玉在薄暗里发着幽香。不知在什么时候，什么地方，我曾读过一句诗："黄昏里充满了木樨花的香。"我觉得很美丽。虽然我从来没有闻到过木樨花的香，虽然我明知道现在我闻到的是晚香玉的香。但是我总觉得我到了那种缥缈的诗意的境界似的。在淡黄色的灯光下，我们摸索着转进了幽黑的小胡同，走回了公寓。这苍老的枸杞树只剩了一团凄迷的影子，靠了北墙站着。

跟着来的是个长长的夜。我坐在窗前读着预备考试的功课。大头尖尾的绿色小虫，在糊了白纸的玻璃窗外有所寻觅似的撞击着。不一会儿，一个从缝里挤进来了，接着又一个，又一个。成群地围着灯飞。当我听到卖“玉米面饽饽”戛长的永远带点寒冷的声音，从远处的小巷里越过了墙飘了过来的时候，我便捻熄了灯，睡下去。于是又开始了同蚊子和臭虫的争斗。在静静的长夜里，忽然醒了，残梦仍然压在我心头，倘若我听到又有窸窣的声音在这棵苍老的枸杞树周围，我便知道外面又落了雨。我注视着这神秘的黑暗，我描画给自己：这枸杞树的苍黑的枝干该便黑了吧；那匹蜗牛有所趋避该匆匆地在向隐蔽处爬去吧；小小的圆的蜘蛛网，该又捉住雨滴了吧；这雨滴在黑夜里能不能静静地发着光呢？我做着天真的童话般的梦。我梦到了这棵苍老的枸杞树。——这枸杞树也做梦么？第二天早上起来，外面真的还在下着雨。空气里充满了清新的沁人心脾的清香。荷叶上顶着珠子似的雨滴，蜘蛛网上也顶着，静静地发着光。

在如火如荼的盛夏转入初秋的澹远里去的时候，我这种诗意的又充满了稚气的生活，终于也不能继续下去。我离开这公寓，离开这苍老的枸杞树，移到清华园里来。到现在差不多四年了。这园子素来是以水木著名的。春天里，满园里怒放着红花，远处看，红红的一片火焰。夏天里，垂柳拂着地，浓翠扑上人的眉头。红霞般的爬山虎给冷清的深秋涂上一层凄艳的色彩。冬天里，白雪又把这园子安排成为一个银的世界。在这四季，又都有西山的一层轻渺的紫气，给这园子添了不少的光辉。这一切颜色：红的，翠的，白的，紫的，混合地涂上了我的心，在我心里幻成一幅绚烂的彩画。我做着红色的，翠的，白色的，紫色的，各样颜色的梦。论理说起来，我在西城的公寓做的童话般的梦，早该被挤到不知什么地方去了。但是，我自己也不了解，在不经意的时候，总有一棵苍老的枸杞树的影子飘过。飘过了春天的火焰似的红的花；飘过了夏天的垂柳的浓翠，飘过了红霞似的爬山虎，一直到现在，是冬天，白雪正把这园子妆成银的世界。混合了氤氲的西山的紫气，静定在我的心头。在一个浮动的幻影里，我仿佛看到：有夕阳的余晖返照在这棵苍老的枸杞树的圆圆的顶上，淡红的一片，熠耀着，像如来佛头顶上的金光。

1933 年 12 月 8 日　雪之下午

# 马缨花

曾经有很长的一段时间，我孤零零一个人住在一个很深的大院子里。从外面走进去，越走越静，自己的脚步声越听越清楚，仿佛从闹市走向深山。等到脚步声成为空谷足音的时候，我住的地方就到了。

院子不小，都是方砖铺地，三面有走廊。天井里遮满了树枝，走到下面，浓荫匝地，清凉蔽体。从房子的气势来看，从梁柱的粗细来看，依稀还可以看出当年的富贵气象。

这富贵气象是有来源的。在几百年前，这里曾经是明朝的东厂。不知道有多少忧国忧民的志士曾在这里被囚禁过，也不知道有多少人在这里受过苦刑，甚至丧掉性命。据说当年的水牢现在还有迹可寻哩。

等到我住进去的时候，富贵气象早已成为陈迹，但是阴森凄苦的气氛却是原封未动。再加上走廊上陈列的那一些汉代的石棺石椁，古代的刻着篆字和隶字的石碑，我一走回这个院子里，就仿佛进入了古墓。这样的环境，这样的气氛，把我的记忆提到几千年前去。有时候我简直就像是生活在历史里，自己俨然成为古人了。

这样的气氛同我当时的心情是相适应的，我一向又不相信有什么鬼神，所以我住在这里，也还处之泰然。

但是也有紧张不泰然的时候。往往在半夜里，我突然听到推门的声音，声音很大，很强烈。我不得不起来看一看。那时候经常停电，我只能在黑暗中摸索着爬起来，摸索着找门，摸索着走出去。院子里一片浓黑，什么东西也看不见，连树影子也仿佛同黑暗粘在一起，一点都分辨不出来。我只听到大香椿树上有一阵窸窸窣窣的声音，然后咪噢的一声，有两只小电灯似的眼睛从树枝深处对着我闪闪发光。

这样一个地方，对我那些经常来往的朋友来说，是不会引起什么好感的。有几位在白天还有兴致来找我谈谈，他们很怕在黄昏时分走进这个院子。万一有事，不得不来，也一定在大门口向工友再三打听，我是否真在家里，然后才有勇气，跋涉过那一个长长的胡同，走过深深的院子，来到我的屋里。有一次，我出门去了，看门的工友没有看见，一位朋友走到我住的那个院子里。在黄昏的微光中，只见一地树影，满院石棺，我那小窗上却没有灯光。他的腿立刻抖了起来，费了好大力量，才拖着它们走了出去。第二天我们见面时，谈到这点经历，两人相对大笑。

我是不是也有孤寂之感呢？应该说是有的。当时正是“万家墨面没蒿莱”的时代，北京城一片黑暗。白天在学校里的时候，同青年同学在一起，从他们那蓬蓬勃勃的斗争意志和生命活力里，还可以吸取一些力量和快乐，精神十分振奋。但是，一到晚上，当我孤零一个人走回这个所谓家的时候，我仿佛遗世而独立。没有人声，没有电灯，没有一点活气。在煤油灯的微光中，我只看到自己那高得、大得、黑得惊人的身影在四面的墙壁上晃动，仿佛是有个巨灵来到我的屋内。寂寞像毒蛇似的偷偷地袭来，折磨着我，使我无所逃于天地之间。

在这样无可奈何的时候，有一天，在傍晚的时候，我从外面一走进那个院子，蓦地闻到一股似浓似淡的香气。我抬头一看，原来是遮满院子的马缨花开花了。在这以前，我知道这些树都是马缨花，但是我却没有十分注意它们。今天它们用自己的香气告诉了我它们的存在。这对我似乎是一件新事。我不由得就站在树下，仰头观望：细碎的叶子密密地搭成了一座天棚，天棚上面是一层粉红色的细丝般的花瓣，远处望去，就像是绿云层上浮上了一团团的红雾。香气就是从这一片绿云里洒下来的，洒满了整个院子，洒满了我的全身，使我仿佛游泳在香海里。

花开也是常有的事，开花有香气更是司空见惯。但是，在这样一个时候，这样一个地方，有这样的花，有这样的香，我就觉得很不寻常；有花香慰我寂寥，我甚至有一些近乎感激的心情了。

从此，我就爱上了马缨花，把它当成了自己的知心朋友。

北京终于解放了。一九四九年的十月一日给全国带来了光明与希望，给全世界带来了光明与希望。这一个具有重大意义的日子在我的生命里划上了一道鸿沟，我仿佛重新获得了生命。可惜不久我就搬出了那个院子，同那些可爱的马缨花告别了。

时间也过得真快，到现在，才一转眼的工夫，已经过去了十三年。这十三年是我生命史上最重要、最充实、最有意义的十三年。我看了很多新东西，学习了很多新东西，走了很多新地方。我当然也看了很多奇花异草。我曾在亚洲大陆最南端科摩林海角看到高凌霄汉的巨树上开着大朵的红花，我曾在缅甸的避暑胜地东枝看到开满了小花园的火红照眼的不知名的花朵，我也曾在塔什干看到长得像小树般的玫瑰花。这些花都是异常美妙动人的。

然而使我深深地怀念的却仍然是那些平凡的马缨花，我是多么想见到它们呀！

最近几年来，北京的马缨花似乎多起来了。在公园里，在马路旁边，在大旅馆的前面，在草坪里，都可以看到新栽种的马缨花。细碎的叶子密密地搭成了一座座的天棚，天棚上面是一层粉红色的细丝般的花瓣。远处望去，就像是绿云层上浮上了一团团的红雾。这绿云红雾飘满了北京，衬上红墙、黄瓦，给人民的首都增添了绚丽与芬芳。

我十分高兴，我仿佛是见了久别重逢的老友。但是，我却隐隐约约地感觉到，这些马缨花同我回忆中的那些很不相同。叶子仍然是那样的叶子，花也仍然是那样的花，在短短的十几年以内，它决不会变了种。它们的不同之处究竟何在呢？

我最初确实是有些困惑，左思右想，只是无法解释。后来，我扩大了我回忆的范围，不把回忆死死地拴在马缨花上面，而是把当时所有同我有关的事物都包括在里面。不管我是怎样喜欢院子里那些马缨花，不管我是怎样爱回忆它们，回忆的范围一扩大，同它们联系在一起的不是黄昏，就是夜雨，否则就是迷离凄苦的梦境。我好像是在那些可爱的马缨花上面从来没有见到哪怕是一点点阳光。

然而，今天摆在我眼前的这些马缨花，却仿佛总是在光天化日之下。即使是在黄昏时候，在深夜里，我看到它们，它们也仿佛是生气勃勃，同浴在阳光里一样。它们仿佛想同灯光竞赛，同明月争辉。同我回忆里那些马缨花比起来，一个是照相的底片，一个是洗好的照片；一个是影，一个是光。影中的马缨花也许是值得留恋的，但是光中的马缨花不是更可爱吗？

我从此就爱上了这光中的马缨花，而且我也爱藏在我心中的这一个光与影的对比。它能告诉我很多事情，带给我无穷无尽的力量，送给我无限的温暖与幸福，它也能促使我前进。我愿意马缨花永远在这光中含笑怒放。

1962 年 10 月 1 日

# 夹竹桃

夹竹桃不是名贵的花，也不是最美丽的花；但是，对我说来，它却是最值得留恋最值得回忆的花。

不知道由于什么缘故，也不知道从什么时候起，在我故乡的那个城市里，几乎家家都种上几盆夹竹桃，而且都摆在大门内影壁墙下，正对着大门口。客人一走进大门，扑鼻的是一阵幽香，入目的是绿蜡似的叶子和红霞或白雪似的花朵，立刻就感觉到仿佛走进自己的家门口，大有宾至如归之感了。

我们家的大门内也有两盆，一盆红色的，一盆白色的。我小的时候，天天都要从这下面走出走进。红色的花朵让我想到火，白色的花朵让我想到雪。火与雪是不相容的，但是这两盆花却融洽地开在一起，宛如火上有雪，或雪上有火。我顾而乐之，小小的心灵里觉得十分奇妙，十分有趣。

只有一墙之隔，转过影壁，就是院子。我们家里一向是喜欢花的，虽然没有什么非常名贵的花，但是常见的花却是应有尽有。每年春天，迎春花首先开出黄色的小花，报告春的消息。以后接着来的是桃花、杏花、海棠、榆叶梅、丁香等，院子里开得花团锦簇。到了夏天，更是满院葳蕤。凤仙花、石竹花、鸡冠花、五色梅、江西腊等等，五彩缤纷，美不胜收。夜来香的香气熏透了整个的夏夜的庭院，是我什么时候也不会忘记的。一到秋天，玉簪花带来凄清的寒意，菊花报告花事的结束。总之，一年三季，花开花落，没有间歇；情景虽美，变化亦多。

然而，在一墙之隔的大门内，夹竹桃却在那里静悄悄地一声不响，一朵花败了，又开出一朵；一嘟噜花黄了，又长出一嘟噜。在和煦的春风里，在盛夏的暴雨里，在深秋的清冷里，看不出什么特别茂盛的时候，也看不出什么特别衰败的时候，无日不迎风弄姿，从春天一直到秋天，从迎春花一直到玉簪花和菊花，无不奉陪。这一点韧性，同院子里那些花比起来，不是形成一个强烈的对照吗?

但是夹竹桃的妙处还不止于此。我特别喜欢月光下的夹竹桃。你站在它下面，花朵是一团模糊，但是香气却毫不含糊，浓浓烈烈地从花枝上袭了下来。它把影子投到墙上，叶影参差，花影迷离，可以引起我许多幻想。我幻想它是地图，它居然就是地图了。这一堆影子是亚洲，那一堆影子是非洲，中间空白的地方是大海。碰巧有几只小虫子爬过，这就是远渡重洋的海轮。我幻想它是水中的荇藻，我眼前就真的展现出一个小池塘。夜蛾飞过映在墙上的影子就是游鱼。我幻想它是一幅墨竹，我就真看到一幅画。微风乍起，叶影吹动，这一幅画竟变成活画了。

有这样的韧性，能这样引起我的幻想，我爱上了夹竹桃。

好多好多年，我就在这样的夹竹桃下面走出走进。最初我的个儿矮，必须仰头才能看到花朵。后来，我逐渐长高了，夹竹桃在我眼中也就逐渐矮了起来。等到我眼睛平视就可以看到花的时候，我离开了家。

我离开了家，过了许多年，走过许多地方。我曾在不同的地方看到过夹竹桃，但是都没有留下深刻的印象。

两年前，我访问了缅甸。在仰光开过几天会以后，缅甸的许多朋友热情地陪我们到缅甸北部古都蒲甘去游览。这地方以佛塔著名，有“万塔之城”的称号。据说，当年确有万塔。到了今天，数目虽然没有那样多了，但是，纵目四望，嶙嶙峋峋，群塔簇天，一个个从地里涌出，宛如阳朔群山，又像是云南的石林，用“雨后春笋”这一句老话，差堪比拟。虽然花草树木都还是绿的，但是时令究竟是冬天了，一片萧瑟荒寒气象。

然而就在这地方，在我们住的大楼前，我却意外地发现了老朋友夹竹桃。一株株都跟一层楼差不多高，以致我最初竟没有认出它们来。花色比国内的要多，除了红色的和白色的以外，记得还有黄色的。叶子比我以前看到的更绿得像绿蜡，花朵开在高高的枝头，更像片片的红霞、团团的白雪、朵朵的黄云。苍郁繁茂，浓翠逼人，同荒寒的古城形成了强烈的对比。

我每天就在这样的夹竹桃下走出走进。晚上同缅甸朋友们在楼上凭栏闲眺，畅谈各种各样的问题，谈蒲甘的历史，谈中缅文化交流，谈中缅两国人民的胞波的友谊。在这时候，远处的古塔渐渐隐入暮霭中，近处的几个古塔上却给电灯照得通明，望之如灵山幻境。我伸手到栏外，就可以抓到夹竹桃的顶枝。花香也一阵一阵地从下面飘上楼来，仿佛把中缅友谊熏得更加芬芳。

就这样，在对于夹竹桃的婉美动人的回忆里，又涂上了一层绚烂夺目的中缅人民友谊的色彩。我从此更爱夹竹桃。

1962年10月1日

# 槐　花

自从移家朗润园，每年在春夏之交的时候，我一出门向西走，总是清香飘拂，溢满鼻官。抬眼一看，在流满了绿水的荷塘岸边，在高高低低的土山上面，就能看到成片的洋槐，满树繁花，闪着银光；花朵缀满高树枝头，开上去，开上去，一直开到高空，让我立刻想到新疆天池上看到的白皑皑的万古雪峰。

这种槐树在北方是非常习见的树种。我虽然也陶醉于氤氲的香气中，但却从来没有认真注意过这种花树——惯了。

有一年，也是在这样春夏之交的时候，我陪一位印度朋友参观北大校园。走到槐花树下，他猛然用鼻子吸了吸气，抬头看了看，眼睛瞪得又大又圆。我从前曾看到一幅印度人画的人像，为了夸大印度人眼睛之大，他把眼睛画得扩张到脸庞的外面。这一回我真仿佛看到这一位印度朋友瞪大了的眼睛扩张到了面孔以外来了。

“真好看呀！这真是奇迹！”

“什么奇迹呀？”

“你们这样的花树。”

“这有什么了不起呢？我们这里多得很。”

“多得很就不了不起了吗？”

我无言以对，看来辩论下去已经毫无意义了。可是他的话却对我起了作用：我认真注意槐花了，我仿佛第一次见到它，非常陌生，又似曾相识。我在它身上发现了许多新的以前从来没有发现的东西。

在沉思之余，我忽然想到，自己在印度也曾有过类似的情景。我在海德拉巴看到耸入云天的木棉树时，也曾大为惊诧。碗口大的红花挂满枝头，殷红如朝阳，灿烂似晚霞，我不禁大为慨叹：

“真好看呀！简直神奇极了！”

“什么神奇？”

“这木棉花。”

“这有什么神奇呢？我们这里到处都有。”

陪伴我们的印度朋友满脸迷惑不解的神气。我的眼睛瞪得多大，我自己看不到。现在到了中国，在洋槐树下，轮到印度朋友（当然不是同一个人）瞪大眼睛了。

在我们的日常生活中，我们都有这样一个经验：越是看惯了的东西，便越是习焉不察，美丑都难看出。这种现象在心理学上是容易解释的：一定要同客观存在的东西保持一定的距离，才能客观地去观察。难道我们就不能有意识地去改变这种习惯吗？难道我们就不能永远用新的眼光去看待一切事物吗？

我想自己先试一试看，果然有了神奇的效果。我现在再走过荷塘看到槐花，努力在自己的心中制造出第一次见到的幻想，我不再熟视无睹，而是尽情地欣赏。槐花也仿佛是得到了知己，大大小小、高高低低的洋槐，似乎在喃喃自语，又对我讲话。周围的山石树木，仿佛一下子活了起来，一片生机，融融氤氲。荷塘里的绿水仿佛更绿了；槐树上的白花仿佛更白了；人家篱笆里开的红花仿佛更红了。风吹，鸟鸣，都洋溢着无限生气。一切眼前的东西联在一起，汇成了宇宙的大欢畅。

1986 年 6 月 3 日

## 神奇的丝瓜

今年春天，孩子们在房前空地上，斩草挖土，开辟出来了一个一丈见方的小花园。周围用竹竿扎了一个篱笆，移来了一棵玉兰花树，栽上了几株月季花，又在竹篱下面随意种上了几棵扁豆和两棵丝瓜。土壤并不肥沃，虽然也铺上了一层河泥，但估计不会起很大的作用，大家不过是玩玩而已。

过了不久，丝瓜竟然长了出来，而且日益茁壮、长大。这当然增加了我们的兴趣。但是我们也并没有过高的期望。我自己每天早晨工作疲倦了，常到屋旁的小土山上走一走，站一站，看看墙外马路上的车水马龙和亚运会招展的彩旗，顾而乐之，只不过顺便看一看丝瓜罢了。

丝瓜是普通的植物，我也并没有想到会有什么神奇之处。可是忽然有一天，我发现丝瓜秧爬出了篱笆，爬上了楼墙。以后，每天看丝瓜，总比前一天向楼上爬了一大段，最后竟从一楼爬上了二楼，又从二楼爬上了三楼。说它每天长出半尺，决非夸大之词。丝瓜的秧不过像细绳一般粗。如不注意，连它的根在什么地方，都找不到。这样细的一根秧竟能在一夜之间输送这样多的水分和养料，供应前方，使得上面的叶子长得又肥又绿，爬在灰白色的墙上，一片浓绿，给土墙增添了无量活力与生机。

这当然让我感到很惊奇，我的兴趣随之大大地提高。每天早晨看丝瓜成了我的主要任务。爬小山反而成为次要的了。我往往注视着细细的瓜秧和浓绿的瓜叶，陷入沉思，想得很远，很远……

又过了几天，丝瓜开出了黄花。再过几天，有的黄花就变成了小小的绿色的瓜。瓜越长越长，越长越大，重量当然也越来越增加，最初长出的那一个小瓜竟把瓜秧坠下来了一点，直挺挺地悬垂在空中，随风摇摆。我真是替它担心，生怕它经不住这一份重量，会整个地从楼上坠了下来落到地上。

然而不久就证明了，我这种担心是多余的。最初长出来的瓜不再长大，仿佛得到命令停止了生长。在上面，在三楼一位一百零二岁的老太太的窗外窗台上，却长出来了两个瓜。这两个瓜后来居上，发疯似的猛长，不久就长成了小孩胳膊一般粗了。这两个瓜加起来恐怕有五六斤重，那一根细秧怎么能承担得住呢？我又担心起来。没过几天，事实又证明了我是杞人忧天。两个瓜不知从什么时候忽然弯了起来，把躯体放在老太太的窗台上，从下面看上去，活像两个粗大弯曲的绿色牛角。

不知道从哪一天起，我忽然又发现，在两个大瓜的下面，在二三楼之间，在一根细秧的顶端，又长出来了一个瓜，垂直地悬在那里。我又犯了担心病：这个瓜上面够不到窗台，下面也是空空的。总有一天，它越长越大，会把上面的两个大瓜也坠了下来，一起坠到地上，落叶归根，同它的根部聚合在一起。

然而今天早晨，我却看到了奇迹。同往日一样，我习惯地抬头看瓜：下面最小的那一个早已停止生长，孤零零地悬在空中，似乎一点分量都没有；上面老太太窗台上那两个大的，似乎长得更大了，威武雄壮地压在窗台上；中间的那一个却不见了。我看看地上，没有看到掉下来的瓜。等我倒退几步抬头再看时，却看到了那一个我认为失踪了的瓜，平着身子躺在抗震加固时筑上的紧靠楼墙凸出的一个台子上。这真让我大吃一惊。这样一个原来垂直悬在空中的瓜怎么忽然平身躺在那里了呢？这个凸出的台子无论是从上面还是从下面都是无法上去的，决不会有人把丝瓜摆平的。

我百思不得其解，徘徊在丝瓜下面，像达摩老祖一样，面壁参禅。我仿佛觉得这棵丝瓜有了思想，它能考虑问题，而且还有行动，它能让无法承担重量的瓜停止生长；它能给处在有利地形的大瓜找到承担重量的地方，给这样的瓜特殊待遇，让它们疯狂地长；它能让悬垂的瓜平身躺下。如果不是这样的话，无论如何也无法解释我上面谈到的现象。但是，如果真是这样的话，又实在令人难以置信。丝瓜用什么来思想呢？丝瓜靠什么来指导自己的行动呢？上下数千年，纵横几万里，从来也没有人说过，丝瓜会有思想。我左考虑，右考虑，越考虑越糊涂。我无法同丝瓜对话，这是一个沉默的奇迹。瓜秧仿佛成了一根神秘的绳子，绿叶子照旧浓翠扑人眉宇。我站在丝瓜下面，陷入梦幻。而丝瓜则似乎心中有数，无言静观，它怡然泰然悠然坦然，仿佛含笑面对秋阳。

1990年10月9日

# 二月兰

一转眼，不知怎样一来，整个燕园竟成了二月兰的天下。

二月兰是一种常见的野花。花朵不大，紫白相间。花形和颜色都没有什么特异之处。如果只有一两棵，在百花丛中，决不会引起任何人的注意。但是它却以多胜，每到春天，和风一吹拂，便绽开了小花。最初只有一朵，两朵，几朵。但是一转眼，在一夜间，就能变成百朵，千朵，万朵。大有凌驾百花之上的势头了。

我在燕园里已经住了四十多年。最初我并没有特别注意到这种小花。直到前年，也许正是二月兰开花的大年，我蓦地发现，从我住的楼旁小土山开始，走遍了全园，眼光所到之处，无不有二月兰在。宅旁，篱下，林中，山头，土坡，湖边，只要有空隙的地方，都是一团紫气，间以白雾，小花开得淋漓尽致，气势非凡，紫气直冲云霄，连宇宙都仿佛变成紫色的了。

我在迷离恍惚中，忽然发现二月兰爬上了树，有的已经爬上了树顶，有的正在努力攀登，连喘气的声音似乎都能听到。我这一惊可真不小：莫非二月兰真成了精了吗？再定睛一看，原来是二月兰丛中的一些藤萝，也正在开着花，花的颜色同二月兰一模一样，所差的就仅仅只缺少那一团白雾。我实在觉得我这个幻觉非常有趣。带着清醒的意识，我仔细观察起来：除了花形之外，颜色真是一般无二。反正我知道了这是两种植物，心里有了底，然而再一转眼，我仍然看到二月兰往枝头爬。这是真的呢？还是幻觉？由它去吧。

自从意识到二月兰存在以后，一些同二月兰有联系的回忆立即涌上心头。原来很少想到的或根本没有想到的事情，现在想到了；原来认为十分平常的琐事，现在显得十分不平常了。我一下子清晰地意识到，原来这种十分平凡的野花竟在我的生命中占有这样重要的地位。我自己也有点吃惊了。

我回忆的丝缕是从楼旁的小土山开始的。这一座小土山，最初毫无惊人之处，只不过二三米高，上面长满了野草。当年歪风狂吹时，每次“打扫卫生”，全楼住的人都被召唤出来拔草，不是“绿化”，而是“黄化”。我每次都在心中暗恨这小山野草之多。后来不知由于什么原因，把山堆高了一两米。这样一来，山就颇有一点山势了。东头的苍松，西头的翠柏，都仿佛恢复了青春，一年四季郁郁葱葱。中间一棵榆树，从树龄来看，只能算是松柏的曾孙，然而也枝干繁茂，高枝直刺入蔚蓝的晴空。

我不记得从什么时候起我注意到小山上的二月兰。这种野花开花大概也有大年小年之别的。碰到小年，只在小山前后稀疏地开上那么几片。遇到大年，则山前山后开成大片。二月兰仿佛发了狂。我们常讲什么什么花“怒放”，这个“怒”字下得真是无比地奇妙。二月兰一“怒”，仿佛从土地深处吸来一股原始力量，一定要把花开遍大千世界，紫气直冲云霄，连宇宙都仿佛变成紫色的了。

东坡的词说：“月有阴晴圆缺，人有悲欢离合，此事古难全。”但是花们好像是没有什么悲欢离合的。应该开时，它们就开；该消失时，它们就消失。它们是“纵浪大化中”，一切顺其自然，自己无所谓什么悲与喜。我的二月兰就是这个样子。

然而，人这个万物之灵却偏偏有了感情，有了感情就有了悲欢。这真是多此一举，然而没有法子。人自己多情，又把情移到花，“泪眼问花花不语”，花当然“不语”了。如果花真“语”起来，岂不吓坏了人！这些道理我十分明白。然而我仍然把自己的悲欢挂到了二月兰上。

当年老祖还活着的时候，每到春天二月兰开花的时候，她往往拿一把小铲，带一个黑书包，到成片的二月兰旁青草丛里去搜挖荠菜。只要看到她的身影在二月兰的紫雾里晃动，我就知道在午餐或晚餐的餐桌上必然弥漫着荠菜馄饨的清香。当婉如还活着的时候，她每次回家，只要二月兰正在开花，她离开时，总穿过左手是二月兰的紫雾，右手是湖畔垂柳的绿烟，匆匆忙忙走去，把我的目光一直带到湖对岸的拐弯处。当小保姆杨莹还在我家时，她也同小山和二月兰结上了缘。我曾套宋词写过三句话：“午静携侣寻野菜，黄昏抱猫向夕阳，当时只道是寻常。”我的小猫虎子和咪咪还在世的时候，我也往往在二月兰丛里看到她们：一黑一白，在紫色中格外显眼。

所有这些琐事都是寻常到不能再寻常了。然而，曾几何时，到了今天，老祖和婉如已经永远永远地离开了我们。小莹也回了山东老家。至于虎子和咪咪也各自遵循猫的规律，不知钻到了燕园中哪一个幽暗的角落里，等待死亡的到来。老祖和婉如的走，把我的心都带走了。虎子和咪咪我也忆念难忘。如今，天地虽宽，阳光虽照样普照，我却感到无边的寂寥与凄凉。回忆这些往事，如云如烟。原来是近在眼前，如今却如蓬莱灵山，可望而不可即了。

对于我这样的心情和我的一切遭遇，我的二月兰一点也无动于衷，照样自己开花。今年又是二月兰开花的大年。在校园里，眼光所到之处，无不有二月兰在。宅旁，篱下，林中，山头，土坡，湖边，只要有空隙的地方，都是一团紫气，间以白雾，小花开得淋漓尽致，气势非凡，紫气直冲霄汉，连宇宙都仿佛变成紫色的了。

这一切都告诉我，二月兰是不会变的，世事沧桑，于她如浮云。然而我却是在变的，月月变，年年变。我想以不变应万变，然而办不到。我想学习二月兰，然而办不到。不但如此，她还硬把我的记忆牵回到我一生最倒霉的时候。在十年浩劫中，我自己跳出来反对北大那一位“老佛爷”，被抄家，被打成了“反革命”。正是二月兰开花的时候，我被管制劳动改造。有很长一段时间，我每天到一个地方去捡破砖碎瓦，还随时准备着被红卫兵押解到什么地方去“批斗”，坐喷气式，还要挨上一顿揍，打得鼻青脸肿。可是在砖瓦缝里二月兰依然开放，怡然自得，笑对春风，好像是在嘲笑我。

我当时日子实在非常难过。我知道正义是在自己手中，可是是非颠倒，人妖难分，我呼天天不应，叫地地不答，一腔义愤，满腹委屈，毫无人生之趣。在很长一段时间内，我成了“不可接触者”，几年没接到过一封信，很少有人敢同我打个招呼。我虽处人世，实为异类。

然而我一回到家里，老祖、德华她们，在每人每月只能得到恩赐十几元钱生活费的情况下，殚精竭虑，弄一点好吃的东西，希望能给我增加点营养；更重要的恐怕还是，希望能给我增添点生趣。婉如和延宗也尽可能地多回家来。我的小猫憨态可掬，偎依在我的身旁。她们不懂哲学，分不清两类不同性质的矛盾。人视我为异类，她们视我为好友，从来没有表态，要同我划清界限。所有这一些极其平常的琐事，都给我带来了无量的安慰。窗外尽管千里冰封，室内却是暖气融融。我觉得，在世态炎凉中，还有不炎凉者在。这一点暖气支撑着我，走过了人生最艰难的一段路，没有堕入深涧，一直到今天。

我感觉到悲，又感觉到欢。

到了今天，天运转动，否极泰来，不知怎么一来，我一下子成为“极可接触者”，到处听到的是美好的言词，到处见到的是和悦的笑容。我从内心里感激我这些新老朋友，他们绝对是真诚的。他们鼓励了我，他们启发了我。然而，一回到家里，虽然德华还在，延宗还有，可我的老祖到哪里去了呢？我的婉如到哪里去了呢？世界虽照样朗朗，阳光虽照样明媚，我却感觉异样的寂寞与凄凉。

我感觉到欢，又感觉到悲。

我年届耄耋，前面的路有限了。几年前，我写过一篇短文，叫《老猫》，意思很简明，我一生有个特点：不愿意麻烦人。了解我的人都承认。难道到了人生最后一段路上我就要改变这个特点吗？不，不，不想改变。我真想学一学老猫，到了大限来临时，钻到一个幽暗的角落里，一个人悄悄地离开人世。

这话又扯远了。我并不认为眼前就有制定行动计划的必要。我还有很多事情要做，而且我的健康情况也允许我去做。有一位青年朋友说我忘记了自己的年龄。这话极有道理。可我并没有全忘。有一个问题我还想弄弄清楚哩。按说我早已到了“悲欢离合总无情”的年龄，应该超脱一点了。然而在离开这个世界以前，我还有一件心事：我想弄清楚，什么叫“悲”？什么又叫“欢”？是我成为“不可接触者”时悲呢？还是成为“极可接触者”时欢？如果没有老祖和婉如的逝世，这问题本来是一清二白的。现在却是悲欢难以分辨了。我想得到答复。我走上了每天必登临几次的小山，我问苍松，苍松不语；我问翠柏，翠柏不答。我问三十多年来亲眼目睹我这些悲欢离合的二月兰，她也沉默不语，兀自万朵怒放，笑对春风，紫气直冲霄汉。

1993年6月11日写完

# 清塘荷韵

楼前有清塘数亩。记得三十多年前初搬来时，池塘里好像是有荷花的，我的记忆里还残留着一些绿叶红花的碎影。后来时移事迁，岁月流逝，池塘里却变得“半亩方塘一鉴开，天光云影共徘徊”，再也不见什么荷花了。

我脑袋里保留的旧的思想意识颇多，每一次望到空荡荡的池塘，总觉得好像缺点什么。这不符合我的审美观念。有池塘就应当有点绿的东西，哪怕是芦苇呢，也比什么都没有强。最好的最理想的当然是荷花。中国旧的诗文中，描写荷花的简直是太多太多了。周敦颐的《爱莲说》读书人不知道的恐怕是绝无仅有的。他那一句有名的“香远益清”是脍炙人口的。几乎可以说，中国没有人不爱荷花的。可我们楼前池塘中独独缺少荷花。每次看到或想到，总觉得是一块心病。

有人从湖北来，带来了洪湖的几颗莲子，外壳呈黑色，极硬。据说，如果埋在淤泥中，能够千年不烂。因此，我用铁锤在莲子上砸开了一条缝，让莲芽能够破壳而出，不致永远埋在泥中。这都是一些主观的愿望，莲芽能不能够出，都是极大的未知数。反正我总算是尽了人事，把五六颗敲破的莲子投入池塘中，下面就是听天命了。

这样一来，我每天就多了一件工作：到池塘边上去看上几次。心里总是希望，忽然有一天，“小荷才露尖尖角”，有翠绿的莲叶长出水面。可是，事与愿违，投下去的第一年，一直到秋凉落叶，水面上也没有出现什么东西。经过了寂寞的冬天，到了第二年，春水盈塘，绿柳垂丝，一片旖旎的风光。可是，我翘盼的水面上却仍然没有露出什么荷叶。此时我已经完全灰了心，以为那几颗湖北带来的硬壳莲子，由于人力无法解释的原因，大概不会再有长出荷花的希望了。我的目光无法把荷叶从淤泥中吸出。

但是，到了第三年，却忽然出了奇迹。有一天，我忽然发现，在我投莲子的地方长出了几个圆圆的绿叶，虽然颜色极惹人喜爱，但是却细弱单薄，可怜兮兮地平卧在水面上，像水浮莲的叶子一样。而且最初只长出了五六个叶片。我总嫌这有点太少，总希望多长出几片来。于是，我盼星星，盼月亮，天天到池塘边上去观望。有校外的农民来捞水草，我总请求他们手下留情，不要碰断叶片。但是经过了漫漫的长夏，凄清的秋天又降临人间，池塘里浮动的仍然只是孤零零的那五六个叶片。对我来说，这又是虽微有希望但究竟仍是令人灰心的一年。

真正的奇迹出现在第四年上。严冬一过，池塘里又溢满了春水。到了一般荷花长叶的时候，在去年漂浮着五六个叶片的地方，一夜之间，突然长出了一大片绿叶，而且看来荷花在严冬的冰下并没有停止行动，因为在离开原有五六个叶片的那块基地比较远的池塘中心，也长出了叶片。叶片扩张的速度，扩张范围的扩大，都是惊人地快。几天之内，池塘内不小一部分，已经全为绿叶所覆盖。而且原来平卧在水面上的像是水浮莲一样的叶片，不知道是从哪里聚集来了力量，有一些竟然跃出了水面，长成了亭亭的荷叶。原来我心中还迟迟疑疑，怕池中长的是水浮莲，而不是真正的荷花。这样一来，我心中的疑云一扫而光：池塘中生长的真正是洪湖莲花的子孙了。我心中狂喜，这几年总算是没有白等。

天地萌生万物，对包括人在内的动植物等有生命的东西，总是赋予一种极其惊人的求生存的力量和极其惊人的扩展蔓延的力量，这种力量大到无法抗御。只要你肯费力来观摩一下，就必然会承认这一点。现在摆在我面前的就是我楼前池塘里的荷花。自从几个勇敢的叶片跃出水面以后，许多叶片接踵而至。一夜之间，就出来了几十枝，而且迅速地扩散、蔓延。不到十几天的工夫，荷叶已经蔓延得遮蔽了半个池塘。从我撒种的地方出发，向东西南北四面扩展。我无法知道，荷花是怎样在深水中淤泥里走动。反正从露出水面的荷叶来看，每天至少要走半尺的距离，才能形成眼前这个局面。

光长荷叶，当然是不能满足的。荷花接踵而至，而且据了解荷花的行家说，我门前池塘里的荷花，同燕园其他池塘里的，都不一样。其他地方的荷花，颜色浅红；而我这里的荷花，不但红色浓，而且花瓣多，每一朵花能开出十六个复瓣，看上去当然就与众不同了。这些红艳耀目的荷花，高高地凌驾于莲叶之上，迎风弄姿，似乎在睥睨一切。幼时读旧诗："毕竟西湖六月中，风光不与四时同。接天莲叶无穷碧，映日荷花别样红。"爱其诗句之美，深恨没有能亲自到杭州西湖去欣赏一番。现在我门前池塘中呈现的就是那一派西湖景象。是我把西湖从杭州搬到燕园里来了，岂不大快人意也哉！前几年才搬到朗润园来的周一良先生赐名为"季荷"。我觉得很有趣，又非常感激。难道我这个人将以荷而传吗？

前年和去年，每当夏日塘荷盛开时，我每天至少有几次徘徊在塘边，坐在石头上，静静地吸吮荷花和荷叶的清香。"蝉噪林愈静，鸟鸣山更幽。"我确实觉得四周静得很。我在一片寂静中，默默地坐在那里，水面上看到的是荷花绿肥、红肥。倒影映入水中，风乍起，一片莲瓣堕入水中，它从上面向下落，水中的倒影却是从下边向上落，最后一接触到水面，二者合为一，像小船似的漂在那里。我曾在某一本诗话上读到两句诗："池花对影落，沙鸟带声飞。"作者深惜这二句对仗不工。这也难怪，像"池花对影落"这样的境界究竟有几个人能参悟透呢？

晚上，我们一家人也常常坐在塘边石头上纳凉。有一夜，天空中的月亮又明又亮，把一片银光洒在荷花上。我忽听扑通一声。是我的小白波斯猫毛毛扑入水中，它大概是认为水中有白玉盘，想扑上去抓住。它一入水，大概就觉得不对头，连忙矫捷地回到岸上，把月亮的倒影打得支离破碎，好久才恢复了原形。

今年夏天，天气异常闷热，而荷花则开得特欢。绿盖擎天，红花映日，把一个不算小的池塘塞得满而又满，几乎连水面都看不到了。一个喜爱荷花的邻居，天天兴[illegible]勃勃地数荷花的朵数。今天告诉我，有四五百朵；明天[illegible]告诉我，有六七百朵。但是，我虽然知道他为人细致，[illegible]不相信他真能数出确实的朵数。在荷花底下，石头缝里[illegible]旮旮旯旯，不知还隐藏着多少蓇葖儿，都是在岸边难以看到的。粗略估计，今年大概开了将近一千朵。真可以算是洋洋大观了。

连日来，天气突然变寒，好像是一下子从夏天转入秋天。池塘里的荷叶虽然仍然是绿油一片，但是看来变成残荷之日也不会太远了。再过一两个月，池水一结冰，连残荷也将消逝得无影无踪。那时荷花大概会在冰下冬眠，做着春天的梦。它们的梦一定能够圆的。“既然冬天到了，春天还会远吗？”

我为我的“季荷”祝福。

1997年9月16日中秋节

# 怀念西府海棠

暮春三月，风和日丽。我偶尔走过办公楼前面。在盘龙石阶的两旁，一边站着一棵翠柏，浑身碧绿，扑入眉宇，仿佛是从地心深处涌出来的两股青色的力量，喷薄腾跃，顶端直刺蔚蓝色的晴空，其气势虽然比不上杜甫当年在孔明祠堂前看到的那一些古柏："苍皮溜雨四十围，黛色参天二千尺。"然而看到它，自己也似乎受到了感染，内心里溢满了力量。我顾而乐之，流连不忍离去。

然而，我的眼前蓦地一闪，就在这两棵翠柏站立的地方出现了两棵西府海棠，正开着满树繁花，已经绽开的花朵呈粉红色，没有绽开的骨朵呈鲜红色，粉红与鲜红，纷纭交错，宛如天半的粉红色彩云。成群的蜜蜂飞舞在花朵丛中，嗡嗡的叫声有如春天的催眠曲。我立刻被这色彩和声音吸引住，沉醉于其中了。眼前再一闪，翠柏与海棠同时站立在同一个地方，两者的影子重叠起来，翠绿与鲜红纷纭交错起来了。

这是怎么一回事呢？

我一时有点茫然、懵然，然而不需要半秒钟，我立刻就意识到，眼前的翠柏与海棠都是现实，翠柏是眼前的现实，海棠则是过去的现实，它确曾在这个地方站立过，而今这两个现实又重叠起来，可是过去的现实早已化为灰烬，随风飘零了。

事情就发生在十年浩劫期间。一时忽然传说：养花是修正主义，最低的罪名也是玩物丧志。于是“四人帮”一伙就在海内名园燕园大肆“斗私、批修”，先批人，后批花木，几十年上百年的老丁香花树砍伐殆尽，屡见于清代笔记中的几架古藤萝也被斩草除根，几座楼房外面墙上爬满了的爬山虎统统拔掉，办公楼前的两棵枝干繁茂绿叶葳蕤的西府海棠也在劫难逃。总之，一切美好的花木，也像某一些人一样，被打翻在地，身上踏上了一千只脚，永世不得翻身了。

这两棵西府海棠在老北京是颇有一点名气的。据说某一个文人的笔记中还专门讲到过它。熟悉北京掌故的人，比如邓拓同志等，生前每到春天都要来园中探望一番。我自己不敢说对北京掌故多么熟悉，但是，每当西府海棠开花时，也常常自命风雅，到树下流连徘徊，欣赏花色之美，听一听蜜蜂的鸣声，顿时觉得人间毕竟是非常可爱的，生活毕竟是非常美好的，胸中的干劲陡然腾涌起来，我的身体好像成了一个蓄电瓶，看到了西府海棠，便仿佛蓄满了电，能够在自己所从事的工作中精神抖擞地驰骋一气了。

中国古代的诗人中，喜爱海棠者颇不乏人。大家欣赏海棠之美，但颇以海棠无香为憾，在古代文人的笔记和诗话中，有很多地方谈到这个问题，可见文人墨客对海棠的关心。宋代著名的爱国大诗人陆游有几首《花时遍游诸家园》的诗，其中之一是讲海棠的：

为爱名花抵死狂
只愁风日损红芳
绿章夜奏通明殿
乞借春阴护海棠

陆游喜爱海棠达到了何等疯狂的地步啊！稍有理智的人都应当知道，海棠与人无争，与世无忤，决不会伤害任何人的；它只能给人间增添美丽，给人们带来喜悦，能让人们热爱自然，热爱祖国。然而，就连这样天真无邪的海棠也难逃“四人帮”的毒手。燕园内的两棵西府海棠现在已经不知道消逝到什么地方去了，这也算是一种“含冤逝世”吧。代替它站在这里的是两棵翠柏。翠柏也是我所喜爱的，它也能给人们带来美感享受，我毫无贬低翠柏的意思。但是以燕园之大，竟不能给海棠留一点立足之地，一定要铲除海棠，栽上翠柏，一定要争这方尺之地，翠柏而有知，自已挤占了海棠的地方，也会感到对不起海棠吧！

“四人帮”要篡党夺权，有一些事情容易理解，但是砍伐花木，铲除海棠，仿佛这些花木真能抓住他们那罪恶的黑手，令人百思不得其解。宋代苏洵在《辩奸论》中说：“凡事之不近人情者，鲜不为大奸慝。”砍伐西府海棠之不近人情，一望而知。爱好美好的东西是人类的天性，任何人都有权利爱好美好的东西，花木当然也包括在里面。然而“四人帮”却偏要违反人性，必欲把一切美好的东西铲除净尽而后快。他们这一伙人是大奸愿，已经丝毫无可怀疑了。

事情已经过去了将近二十年，为什么西府海棠的影子今天又忽然展现在我的眼前呢？难道说是名花有灵，今天向我“显圣”来了么？难道说它是向我告状来了么？可惜我一非包文正，二非海青天，更没有如来佛起死回生的神通，我所有的能耐至多也只能一洒同情之泪，我还有什么话可说呢？

我从来不相信什么神话。但是现在我真想相信起来，我真希望有一个天国。可是我知道，须弥山已经为印度人所独占，他们把自己的天国乐园安放在那里。昆仑山又为中国人所垄断，王母娘娘就被安顿在那里。我现在只能希望在辽阔无垠的宇宙中间还能有那么一块干净的地方，能容得下一个阆苑乐土。那里有四时不谢之花、八节长春之草，大地上一切花草的魂魄都永恒地住在那里，随时、随地都是花团锦簇，五彩缤纷。我们燕园中被无端砍伐了的西府海棠的魂灵也遨游其间。我相信，它决不会忘记了自己待了多年的美丽的燕园，每当三春繁花盛开之际，它一定会来到人间，驾临燕园，风前月下，凭吊一番。“环佩空归月下魂”，明妃之魂归来，还有环佩之声。西府海棠之魂归来时，能有什么迹象呢？我说不出，我只能时时来到办公楼前，在翠柏影中，等候倩魂。我是多么想为海棠招魂啊！结果恐怕只能是“上穷碧落下黄泉，两处茫茫皆不见”了。奈何，奈何！

在这风和日丽的三月，我站在这里，浮想联翩，怅望晴空，眼睛里流满了泪水。

1987年3月18日

# 第三辑

## 身行万里半天下

在人生中，我的旅途远远不到结束的时候，我还不能停留在一个地方。在我前面，可能还有深林、大泽、崇山、幽谷，有阳关大道，有独木小桥。我必须走上前去，穿越这一切。

# 游唐大招提寺

多么凑巧的事情，又是多么可喜的事情！唐大和尚鉴真回国探亲，我们在北京刚见过面；他回到日本不久，我们又来探望参拜他了。

一走进唐大招提寺，我们仿佛回到了祖国。此地的一草一木，一梁一柱，无不让我们感到亲切可爱。连踏在脚下的沙粒，似乎也与别处不同。我们的心情又兴奋，又宁静；又肃穆，又虔诚。我们明确地意识到，这不是一个普普通通的地方，这是一个神圣的地方；这是中日两国人民悠久的传统友谊结晶的地方，决不能等闲视之。

我们现在看到的当然是历历在目的大殿、经堂、佛像、神龛。但是我的心却一下子回到了一千多年以前的历史中去，回到鉴真生活的时代中去。这样的经历我从前曾经有过一次，那是在印度瞻谒玄奘遗迹的时候。我当时曾看到玄奘的身影无所不在。今天，印度换成了日本，玄奘换成鉴真了。同玄奘一样，鉴真的面貌我们都是熟悉的。我现在在这一座古寺里到处看到的就是鉴真的慈祥肃穆的面容。我仿佛看到他慈眉善目，庞眉铺目，到处烧香礼佛。看到他盘腿坐在莲花座上，讲经说法，为天皇、皇太子、贵族、平民传法授戒。他在整个寺院里让人搀扶着来来往往地行走。我不但能看到他的身影，而且能听到他的声音，虽然我并说不出，他的声音究竟是个什么样子。我们今天满怀虔敬之心踏在这一座古寺的土地上。我们知道，这一座古寺的每一寸土地都留有鉴真的足迹。我们脚下踏着的就是鉴真当年留下的足迹。因此，我们的步履轻而又轻，谨慎而又谨慎。特别是当我们走过一座重门深锁的院落的时候，我们的步子更轻了，我们仿佛在临深履薄，戒慎恐惧。这院落“庭院深深深几许”，在望之如云端仙境的重楼上，鉴真的漆像就作为国宝保存在那里。这门是经常锁着的。我们不由得面向楼阁深处，合十致敬。

鉴真爱不爱日本人民呢？他当然是爱的。他怀着满腔炽热的感情爱日本，爱日本人民。他同中国人民一样，深深地体会到中日两国人民的亲密关系，决心为日本人民牺牲自己的一切，把他认为能济世度人的佛法传到日本去。为了日本人民的幸福，他毅然决然离开了自己的祖国。在当时想到日本去，简直难于上青天。今天讲一衣带水，形容两国邻近，非常轻松，非常惬意。然而海中波涛滚滚，龙蛇飞舞，用木头造的船横渡，其艰险决非今日所能想象。鉴真尝试过几次，都失败了，最后终于九死一生，到了日本。如果对日本人民不抱有最深沉的爱，能做到这一步吗？他到日本时，双目已完全失明，什么东西都看不见了。但是，我相信，他能够看到一切。他看到的日本、日本人民、日本的自然风光，决不比任何人少，而且会比任何人都更多，更深刻。他看到了别人看不到的东西，他看到了日本人民的心。他的心同日本人民的心共同跳动，"心有灵犀一点通"。他们心心相印。就凭着这一点，虽然他不懂日本语言——我猜想，他初到日本时是不懂当地的语言的——他却完全能同日本各阶层的人民交流思想，沟通感情。日本人民的喜怒哀乐就是他的喜怒哀乐。他同日本人民浑然一体。"海为龙世界，天是鸟家乡"，日本就成了他的海，成了他的天了。

鉴真会不会怀念祖国呢？当然会的。他同样也是怀着满腔炽热的感情爱着自己的伟大的祖国。否则他决不会在离开祖国一千多年以后又不远千里不顾年老体衰仆仆风尘回国探亲。不但探望了扬州，而且还探望了他离开祖国时还不存在的首都北京。他是一位高僧，不会有什么尘世俗念。但是爱国之情是人们最基本的感情，高僧也不能例外。遥想他当年远离祖国，寄身异邦，每天在礼佛讲经之余，一灯荧然，焚香静坐，殿外的春花秋月、夏雨冬雪，难免逗起一腔怀乡之情。檐边铁马的叮咚不会让他想到扬州古寺中的铁马吗？日本古代大俳句家松尾芭蕉非常了解鉴真的心情。他有一首著名的俳句，前有小引："唐招提寺开山祖鉴真和尚来日时，于船中遇难七十余次。其间，因海风侵袭双目，终成盲圣。今日拜谒尊像，得诗一首。"诗云：

新叶滴翠，
摘来拂拭尊师泪。（林林译文）

像鉴真这样的高僧，断七情，绝六欲，眼中的泪珠从何而来呢？除了因怀念祖国而流泪之外，还能有什么原因呢？大诗人芭蕉不愧是真正的诗人，他能深切体会鉴真的心情，发而为诗，才写出这样感人的诗句，使我们今天的人，不管是中国人，还是日本人，读到它，还为之感动不已。

我们中国人，不管读没读过芭蕉的名句，好像都能体会鉴真爱国思乡的心情。因此，当他这次回国探亲时，不管走到什么地方，扬州也好，北京也好，他都受到热烈的欢迎。今天他看到的祖国同他当年的祖国相比，已经完完全全变了样子；但是，祖国的人民、祖国人民的心，特别是对他那一片赤诚之心，则是一点也没有变的。我想，鉴真是完全擦干了眼泪带着微笑回到他的第二祖国日本去的吧！即使在日本再待上几百年，甚至几千年，他内心里也感到欣慰吧！

中国人民对鉴真的敬爱还表现在另外一个方面。今天，凡是到日本来的中国人，只要有可能，没有不到唐大招提寺来参谒的。我们几个人现在就来到了这里。我走在这一座清净肃穆的大寺院里，花木扶疏，竹石掩映，到处干干净净，宛然一处人间仙境。但是我心中却是思潮腾涌，片刻不停，上下数千年，纵横数千里，遍照三世，神驰四极，对眼前的景物有时候视而不见。连自己走过的道路也有时候清楚，有时候不清楚。在不知不觉中，我们终于来到了鉴真的墓塔跟前。这一座墓塔并不特别高大巍峨，同中国常见的高僧墓塔样子和大小都差不多。这里就是鉴真永远安息的地方。我亲眼看到，日本人民男女老少成群结队，怀着极端虔敬的心情，到这里来参谒墓塔。走近墓塔的时候，他们面容严肃，脚步迈得轻轻的，唯恐惊扰了墓中的高僧。鉴真活着的时候，为日本人民的利益而牺牲了自己的一切。到了今天，他圆寂已经一千多年了，他仍然活在日本人民心中，他好像仍然生活在日本人民中间，天天受到他们的礼敬。鉴真死而有知，他一定感到莫大的欣慰吧！

墓塔的周围，茂树参天，绿竹挺秀，更显得特别清幽阒静。离开墓塔不远，有一片荷塘。此时正是夏天，塘里荷花盛开。这里的荷花很有点特色，花瓣全是白的，只有顶上有一抹鲜红，闪出红彤彤的光，宛如富士山雪峰顶上照上一片红霞。我在中国许多地方，世界上许多地方，都看到过荷花；在荷花的故乡印度也看到过荷花。白荷花、红荷花，甚至蓝荷花、黄荷花，都看到过。但是像鉴真墓旁这样的荷花却从来没有见过。难道是富士

又过了两天，代表团中有的同志建议，到离雪山更近一点的图利凯尔去看雪山，我欣然同意。我历来对雪山有好感，但是我看到的雪山并不多。只在新疆乌鲁木齐附近的天池看过两次，觉得非常新鲜。下面是炎热的天气，然而抬头向上一看，仿佛就在不远的地方却是险峰积雪，衬着蔚蓝的晴空，愈显得像冰心玉壶；又仿佛近在眼前，抬腿就可以走到，伸手就可以抓到一把雪。实际上，路是非常遥远的。从雪峰下来的采莲人手持雪莲，向游客兜售。淡黄色的雪莲仿佛带来了万古雪峰顶上的寒意，使我们身处酷夏，而心在广寒。此情此景，终生难忘。

现在，我来到了尼泊尔。这里雪峰之多，远非天池可比。仅仅从加德满都城里面就能够看到不少。在全世界上，也只有我国西藏和尼泊尔有这样多这样高的雪峰。我到这里来的时候，曾在飞机上看过雪山。那是从上面向下看。现在如果再从下面向上看一看的话，那该是多么有趣多么新鲜啊！怀着这样热切期待的心情，我们八个人立即驱车到了图利凯尔。

这个地方离雪峰近了一点，但是同加德满都比较起来也近不了多少。可是因为此地踞小峰之巅，前面非常开阔，好像是一个大山谷，烟树迷离，阡陌纵横。山谷对面，一片云雾上面就是连绵数千百里的奇峰峻岭。从这里看雪山，清晰异常。因此，多少年以来，此地就成了饱览雪山风光的胜地，外国旅游者没有不到这里来的。如果不到这里来，不管你在尼泊尔看到过多少地方，也算是有虚此行，离开之后，后悔莫及了。

今天，天公确实真是作美。早晨照例浓雾蔽天，八九点钟了，还没有消退的意思。尼泊尔朋友说，今天恐怕要全天阴天了，看雪山有点问题了。然而我们的汽车一驶出加德满都，慢慢地向上行驶的时候，天空里忽然烟消云散，一轮红日高悬中天。尼泊尔主人显然高兴起来，他们认为让中国客人看到雪山是自己的职责。我们也同样激动起来。我们不远万里而来，如果不能清晰地看一下雪山的真面目，能不终生感到遗憾吗？

在半山坡的绿草地上，早已有人铺上了白布，旁边的桌子上摆满了食品，几辆挂着国旗的小轿车停在附近，看样子是哪一个国家的大使馆的车子。大人、小孩、男男女女，在草地上溜达着，手里拿着望远镜，指指点点，大概是议论对面雪峰的名称。在我们眼前隔着那一条极为广阔的峡谷，对面群峰林立，从右到左，蜿蜒不知道有几百几千里，只见黑鸦鸦的一片崇山峻岭，灰色的云彩在上面飘动。简直分不清哪是云，哪是山。在这群山后面或者上面，是一座座白皑皑的万古雪峰，逶迤也不知道几百几千里，巍然耸立在那里。偶然一失神，这一座座的雪峰仿佛流动起来，像朵朵的白云飘动在灰蓝色的山峰上面。这些雪峰太高了，相距那么远，还要抬头去看。我还从来没有看到过这样多、这样高、这样白的雪峰。我知道这些雪峰下面蓝色的云团也并不是云彩，而是真正的山。仿佛比这蓝色云团再高的地方就不应该再有山峰了。可是那些飘浮在这些蓝色云团上的白色的云彩，确确实实是真正的雪峰。这真可以算是宇宙奇景，别的地方看不到的了。

按照地图，从右到左，一共排列着十三座有名有姓的雪峰，在世界上都广有名声。其中有不少还从来没有被凡人征服过。上面什么样子，谁也说不清楚。人们可以幻想，大概只有神仙才能住在上面吧。过去的人确实这样幻想过，中国古代的昆仑山上不就住着神仙吗？印度古代的神话也说雪山顶上是神仙的世界。可是世界上哪里会有什么神仙呢？然而，如果说雪峰上面什么都没有，我的感情似乎又有点不甘心。那不太寂寞了吗？那样晶莹澄澈的广寒天宫只让白雪统治，不太有点煞风景了吗？我只好幻想，上面有琼楼玉宇、阆苑天宫，那里有仙人，有罗汉，有佛爷，有菩萨，有安拉，有大梵天，有上帝，有天老爷，不管哪一个教门的神灵们，统统都上去住吧。他们乘鸾驾凤，骑上猛狮、白象，遨游太虚吧。

别人看了雪山想些什么，我说不出。我自己却是浮想联翩，神驰六合。自己制造幻影，自己相信，而且乐在其中，我真有流连忘返之意了。当我们走上归途时，不管汽车走到什么地方，向右面的茫茫天际看去，总会看到亮晶晶的雪山群峰直插昊天。这白色的群峰好像是追着我们的车子直跑，一直把我们送进加德满都城。

1986 年 12 月 1 日

北京大学朗润园

# 别加德满都

古时候，佛教禁止和尚在一棵树下连住上三宿，怕他对这一棵树产生了眷恋之心。佛教的立法者们的做法是煞费苦心而又正确的。

说老实话，我初到加德满都的时候，看到这地方街道比较狭窄，人们的衣着也不太整洁，尘土比较多，房屋也低暗。我刚刚从日本过来，不由自主地就要对比两个国家，我立刻萌发了一个念头：赶快离开这里回国吧！

但是，过了不到半天，我的想法就来了一个一百八十度的大转弯。我乘着车子走过了许多条大大小小宽宽窄窄的街道，街道确实不能说是十分干净的，人们的面貌也确实不像日本那样同我们简直是一模一样，望上去让人没有陌生之感。可是我忽然发现，这里同我的祖国有很多相似的地方。特别是同我幼年住过的山东乡村、六十年代初期“四清”时待过的京郊农村，更是非常相似。在那里，到处都有我最喜爱的狗，猪也成群结队地在街道上哼着叫着，到垃圾堆里去寻找食物，鸭子和鸡也叫着、跳着杂在猪狗之间。小孩子同小狗、小猪一起玩耍，活蹦乱跳。偶尔还有炊烟从低矮黑暗的屋子里飘了出来，气味并不好闻，但却亲切、朴素，真正是乡村的气息。加德满都是一个大城市，同乡村不能完全一样，但是乡村的气息还是多少有一点的。这使我想到家乡，愉快之感在内心里跃动。

晚上走过这里的大街，电灯多半不十分耀眼明亮。霓虹灯不能说是没有，但比较少，也不十分光辉夺目。有的地方甚至灯光暗淡，人影迷离。同日本东京的银座之夜比较起来，天地悬殊。在那里，光明晃耀，灯光烛天，好像是从东海龙王那里取来了夜光宝珠，又从佛教兜率天取来了水晶琉璃，修筑了黄金宝阶，白银栏杆、千层宝塔、万间精舍，只见宇宙一片通明，直上灵霄宝殿，遍照三千大千世界。美则美矣，可我觉得与自己无关。我在惊奇中颇有冷漠之感。

在这里，在加德满都，没有那样光明，没有那样多彩，没有那样让人吃惊，没有那样引人入胜；可我从内心深处觉得亲切、淳朴、可爱、有趣，仿佛更接近自己的心灵。街旁的神龛里供着一些神像，但是没像在印度那样上面洒满了象征鲜血的红水。参天大树挺立在那里，告诉我们这个城市的古老。间或也能看到四时不谢的鲜花，红的、黄的都有，从矮矮的围墙后面探出头来，告诉我们，此时在我国虽然已是冬天，此地却仍然是春意盎然，这是一座四时皆春的春城。

除了上面这一些表面上能看到的东西以外，在我们心里还蕴涵着一种感情，是在任何别的地方都难以产生的。在尼泊尔流传着一个神话传说，说加德满都峡谷原来是大水弥漫，只有鱼虾，没有人类。文殊菩萨手挥巨剑，把一座小山劈成两半，中间留了一个口子，大水从此地流出，于是出现了陆地，出现了居民，出现了加德满都城，尼泊尔从此繁衍滋生，成为现在这个样子。而文殊菩萨的故乡则是在中国的五台山，至今他还住在那里。尼泊尔人视此山为圣地。

这当然只是一个神话，但是神话也是有背景的。为什么尼泊尔人民不把文殊菩萨的故乡说成是在别的国家，而偏偏说成是在中国呢？对中尼两国人民来说，这是一个多有意义的神话啊！尼泊尔人本来就是一个温顺和平的民族，再加上这样一个神话，所以他们每一个人都对中国怀有纯真深厚的感情。现在我们所到之处都能体会到这样一种感情，都能看到微笑的面孔，我们都陶醉在尼泊尔人民的友谊中了。

我们总共在加德满都只待了六天。可是这六天已经成为佛祖允许和尚在一棵树下住宿时间的一倍。我们的所见所闻是很有局限的。可是，经过了我上面说过的思想感情一百八十度的大转变之后，我对于这一座不能算是太大的城市的感情与日俱增，与时俱增。临别的那一天的早晨，我很早就起来了。我打开窗子，面对着外面每天早晨都必然腾起的浓雾，浓雾把眼前的一切东西都转变成了淡淡的影子。我又听到从浓雾中的某一个地方传来了犬吠声和不知从哪一家屋顶上传来了鸽子咕咕的叫声。我此时确实看不到我最喜欢看的雪山——它完全被浓雾遮蔽住了。但是，我的眼睛似乎有了佛教所谓的天眼通的神力，我能看到每一座雪峰，我的心飞到了这些雪峰的顶上，任意驰骋。连象征中尼友好的世界第一高峰珠穆朗玛峰，我似乎都看到了。我的心情又是激动，又是眷恋，又感到温暖，又觉得冷森，一时之间，我简直有点不知所措了。

别了，加德满都！

我相信，有朝一日，我还会回来的。

1986年12月2日下午

北大朗润园

# 登黄山记

早就听人说过 :“五岳归来不看山，黄山归来不看岳。”又经常遇到去过黄山的人讲述那里的奇景，还看到画家画的黄山，摄影家摄的黄山，黄山在我的心中就占了一个地位。我也曾根据那些绘画和摄影，再掺上点传闻，给自己描绘了一幅黄山图，挂在我的心头。我带着这样一幅黄山图曾周游国内，颇看了一些名山大川。五岳之尊的泰山，我曾凌绝顶，观日出。在国外，我也颇游览了一些国家，徜徉于日内瓦的莱蒙湖畔，攀登了雪线以上的阿尔卑斯山，尽管下面烈日炎炎，顶上却永远积雪皑皑。所有这一切都是永世难忘的。但是我心中的那一幅黄山图，尽管随着游览的深广而多少有所修正，但毕竟还是非常美的，非常迷人的。

今天我就带着我心中的那一幅黄山图，到真正的黄山来了。

汽车从泾县驶出，直奔黄山。一路上，汽车蜿蜒绕行于万山丛中，我的幻想也跟着蜿蜒起来。眼前是千山万岭，绵延不绝，但是山峰的形象从远处看上去都差不多。远处出现了一个耸入晴空的高峰，“那就是黄山了吧！”我心里想。但是一转眼，另一个更高的山峰呈现在我的眼前，我只好打消了刚才的想法。如此周而复始，不知循环了多少遍。还有一个问题一直萦回在我的脑际：在这千山万岭中，是谁首先发现黄山这一个天造地设的人间仙境呢？是否还有另一个更美的什么山没有被发现呢？我的幻想一下子又扯到徐霞客身上。今天我们乘坐汽车来到这里，还感到有些疲惫不堪。当年徐霞客是怎样来的呢？他只能自己背着行李，至多雇上一个农民替他背着，自己手执藤杖，风餐露宿，踽踽独行于崇山峻岭中，夜里靠松明引路，在虎狼的嗥叫声中，慢慢地爬上去。对比起来，我们今天确实是幸福多了。……

就这样，汽车一边飞快地行驶，我一边在飞快地幻想。我心里思潮腾涌，绵绵不断，就像那车窗外的绵延的万山一样。

汽车终于来到了黄山大门外。

一走进黄山大门，天都峰就像一团无限巨大的黑色云层，黑糊糊地像泰山压顶般对着我的头顶压了下来，好像就要倒在我的头上。我一愣：这哪里是我心中的那个黄山呢？然而这毕竟是真实的黄山。我几十年蕴藏心中的那幅黄山图一下子烟消云散了，我心中怅然若有所失，但是我并不惋惜。应该消逝的让它消逝吧！我现在已经来到了真实的黄山。

从此以后，真实的黄山就像一幅古代的画卷一样，一幅一幅地、慢慢地展现在我的眼前。

出宾馆右行，经疗养院右转进山。山势一下子就陡了起来。我曾经听别人说过．从什么地方到什么地方是多少多少华里。在导游书上，我也看到了这样的记载。我原以为几华里几华里都是在平面上的，因此我对黄山就有了一些不正确的理解。现在，接触了实际，才知道这基本上是按立体计算的。在这里走上一华里，同平地上不大一样，费的劲儿要大得多。就是向上走上一尺，也要费上一点力气。没有别的办法，只好喘气流汗了。我低头看着脚下的台阶，右手使劲地拄着竹杖，一步一步地向上爬行。我眼睛里看到的只是台阶，台阶，台阶。

有时候，我心里还数着台阶的数目。爬呀，数呀，数呀，爬呀，以为已经很高了。但是抬眼一看，更高、更陡、更多的台阶还在前面哩。想当年登泰山的时候，那里还有一个“快活三里”。这里却连一个快活三步都没有。但是，既来之，则安之，爬就是一切。

我到黄山来，当然并不是专为来走路的。我还是要看一看的。但是，在黄山，想看也并不容易。有经验的人说：“走路不看山，看山不走路。”这确实是至理名言。这有点像鱼与熊掌的关系，不可得而兼之。谁要想“兼之”，那就有失足坠下万丈深涧的危险。我只在爬到了一定的阶段时，才停下脚步，小心地抬头向身后和左右看上一看，但见峭壁千仞，高岭入云，幽篁参天，苍松夹道，鸟鸣相和，蝉声四起。而且每看一次，眼前的情景都不一样，扑朔迷离，变幻万端。就连同一个地方，从不同的角度去看，都能看出不同的形象。从慈光阁看朱砂峰，看到天都峰上的金鸡叫天门。但是登上龙蟠坡，再抬头一看，金鸡叫天门就变成了五老上天都。在什么地方才能看到黄山真面目呢？我想，在什么地方也是看不到的。我很想改一改苏东坡的诗：“横看成岭侧成峰，远近高低各不同。不识黄山真面目，即使身在此山中。”

我有时候也有新的发现，我简直觉得其中闪现着“天才的火花”，解人难得，我只有自己拍手（这里没有案）叫绝。比如，我看远山上的竹石树木，最初只觉得一片蓊郁。但细看却又有明暗之别。有的浓绿，有的淡绿。经过我再三研究揣摩，我才发现，明的是竹，暗的是松，所谓“苍松翠竹”，大概指的就是这个意思吧。我又想改陆游的两句诗：“山重水复疑无路，松暗竹明又一山。”

一想到陆游，我又想到了徐霞客。我们且看看他登上慈光寺以后是怎样看黄山的：

由此而入。绝巘危崖，尽皆怪松悬结；高者不盈丈，低仅数寸，平顶短鬣，盘根虬干，愈短愈老，愈小愈奇。不意奇山中又有此奇品也。

他看到了奇山，又看到了奇松。他看到的山同我们今天看到的几乎完全一样，这毫无可怪之处。但是他看到的松，有多少是我们今天还能看到的呢？“愈短愈老，愈小愈奇”，难道在这几百年的时间内，它们就一点也没有长吗？就是起徐霞客于地下，我这样的问题恐怕也无法回答了。

我就是这样一边爬，一边看，一边改着古人的诗，一边想到徐霞客，手、脚、眼、耳、心，无不在紧张地活动着，好不容易才爬到了天都峰脚下。这是一个关键的地方。向右一拐，走不多远，就可以登上台阶，向着天都峰爬上去。天都峰是黄山的主峰。不到天都非好汉，何况那天险鲫鱼背我已经久仰大名，现在站在天都峰下，一抬头就可以看到，上面有蚂蚁似的人影在晃动，真是有说不出的诱惑力啊！但是一看到那一条直上直下的登山盘道，像一根白而粗的线绳一样悬在那里，要爬上去，还真需要有一把子力气呢。我知道，倘若给我半天的时间，登上去也是没问题的。可惜现在早已经过了中午，到我们今天的住宿的地方玉屏楼还有一段路要走。我再三斟酌，只好丢掉登天都峰的念头，这好汉看来当不成了。我一步三回头地向左一拐，拾级而上，一直爬到了一线天的门口。这时我们坐了下来，背对一线天口，脸朝前望，可以看到近在咫尺的“蓬莱三岛”。所谓“蓬莱三岛”只是三个石笋似的小山峰，上面长着几棵松树，下面是一片深不见底的山谷。据说，白云弥漫时，衬着下面的云海，它们确确实实像蓬莱三岛。但现在却是赤日当空，万里无云，我只能用想象力来弥补天公的不作美了。

一线天真正是名副其实。在两个峭壁中，只有一条缝隙，仅容人体，抬眼一看，只见高处露出一线光明，上面是蓝蓝的天，这一团光明就召唤着我们，奋勇前进。我们也就真的一个个精神抖擞，鼓足了余勇，爬了上去。低头从我们两条腿中间向后看去，还可以看到悬挂在天都峰上的那一条白练似的磴道。

过了一线天，再向右一拐就走上了玉屏楼，这里是从温泉到北海去的必由之路。一般人都是在这里过夜的。徐霞客时代，这里叫玉屏风，他在《游记》里写道："四顾奇峰错列，众壑纵横．真黄山绝胜处。"可见徐霞客对此处评价之高。原来这里有一座庙，叫做文殊院。古人曾说过："不到文殊院，没见黄山面。"这同徐霞客的意见是一致的。

这里有什么特点呢？这里是万山丛中一块比较平坦的地方，好像天造地设，就是一个理想的中途休息的地方。一转过山角，就能看到峭壁上长着一棵松树。提起此松，真是大大地有名。全中国人民和全世界人民大概都经常能看到它的形象。挂在人民大会堂里的那一幅叫做“迎客松”的照片，就是它。这棵松树的大名就叫做“迎客松”。许多来访的外国领导人，以及名人、学者会见中国领导人时，就在那个照片下面照相。你看它伸出双臂，其实是不知道多少臂，仿佛想同来游的人握手，拥抱，它那青翠的枝头仿佛能说出欢迎的语言，它仿佛就是黄山好客的象征，不，它实际上成了中国人民好客的象征。你若问它的高寿，那就很难说。它干并不粗，也不特别高，看样子它至多也不过几十年至百年，然而据人说，它挺立在这里已经有一千多年的历史了。这里山高风劲，夏有酷暑，冬有寒冰，然而它却至今巍然屹立，俊秀挺拔，苍翠欲滴，枝头笼烟，仿佛正当妙龄青春。我在这里祝它长寿！

至于玉屏楼本身，可看的东西并不多。只是因为此地处万山之中，抬眼四顾，前有大谷深壑，下临无地，上面有参天云峰，耸然并立。同前一段的地无三尺平的情况比较起来，当然显得空阔寥廓，快人心目。当白云弥漫时，云海苍茫，必然另有一番景色。可惜我们没有这个福气，只看到了一片干涸了的大海。在玉屏楼的右边，就是那一棵在名声上稍逊一筹的送客松。它也像迎客松一样，伸出了它那许多胳臂，好像向游客告别，祝他们身强体健，过一些时候再来黄山。我也祝它长寿！

我们就是在住宿一夜之后，怀着还要再回来的心情走过这一棵松树向黄山深处前进的。一走过送客松，山路就好像一反昨天上山时的规律，陡然下降。下降，下降，再下降，一直降到涧底。这一段路走起来非常舒服，似乎还要超过泰山的“快活三里”。我们虽低头走路，仍可以抬头望山。走过望客松、蒲团松，右边可以看到指路石，回头则见牛鼻峰上的犀牛望月。下到深涧涧底以后，一泓清泉，就在道旁，清澈见底，泠冽可饮。拿做文章来比，我们走这一段山路，好像是在做“承”的那一段，“起”得突兀，“承”得和缓，我们过了一段舒服的时光。

但是，再拿做文章来比，“承”过以后，就来了“转”，这一“转”，可真不得了。到了涧底，抬眼一看，前面是八百级的莲花沟。这八百级仿佛是直上直下，令人看了真有点发怵。实际上，往上攀登的时候，比在下面仰望时更令人感到可怕。我们面前好像只有这一条窄窄的石阶，只能向上，不能回转，“马行在夹道内，难以回马”，不管流多少汗，喘多少气，到此也只有奋勇攀登，再没有回旋的余地了。

皇天不负有心人。爬上了八百石阶，一转就到了莲花峰脚下，这一座莲花峰也是黄山主峰之一。从它的脚下上山好像比从天都峰脚下攀登天都峰要容易得多，只需往右一转，爬上几个台阶就可以达到峰顶。然而，正唯其容易，也就失掉了吸引力。同时，我们今天的目标是到北海。我于是只在莲花峰下少坐片刻。抬头看到不远的峰顶上游人多如过江之鲫，然后左转走上前去。要说到黄山的险境,仿佛现在才算是开始。身右峭壁凌空，左边却是悬崖无地。山路是整修过的，在最危险的地方加了石头栏杆或铁链。但栏外就是危险境地，好像泰山上的阴阳界一样。走在这样的地方，连昨天奉行的“看山不走路，走路不看山”的箴言都无法奉行，无已，只有一心一意埋头苦走而已。这里就是鼎鼎大名的万丈云梯，真可以说是名不虚传。但是，大自然最憎恨的是单调，它决不会让百步云梯成为千步云梯、万步云梯。过了百步云梯，又是一段比较平直的山路。此时我仿佛已经过了险关，大有闲情逸致，观赏山景。蓦抬头，在远处的山崖上，忽然看到“万绿丛中一点红”。此时正是盛夏,早过了春暖花开的时节。这一点红是哪里来的呢？我无法攀上悬崖去看，无从探索与研究。我只有沉入幻想中，幻想暮春四五月间，黄山漫山遍野开满了杜鹃花的情况。我眼前的黄山一下子变了样，“日出山花红似火”，红色的火焰仿佛燃遍了全山，直凌太空，形成了一幅红透宇宙的奇景。

就这样，一路幻想下去。平路走尽，又上山路，穿过鳌鱼洞，就到了天海。这一段路更平了，仿佛已经离开黄山，到了平地上。一路树木蓊郁，翠竹夹道，两旁蝉声啼不住，轻身已到北海边。

北海真是个好地方。人们已经看过了天都峰和莲花峰，奇景险境，久已身履，大概总会觉得黄山胜境已经探过，到了北海已经成为尾声了。

然而实则不然。

我先讲一个口头传说。距北海不远有一个山峰，叫做始信峰。什么叫始信峰呢？这里熟于掌故的人说，就是“开始相信”，意思就是，到了这里才开始相信黄山之美。不管这个解释是否正确，是否就是原意，我确确实实是相信的。我到了北海以后，才知道，北海决不是黄山之游的尾声，而是高峰，是顶端。上文曾引过一句古语：“不到文殊院，没见黄山面。”我想改一改：“走不到北海，黄山没有来。”再拿写文章作比，如果过了玉屏楼算是“转”，那么，到了北海就算是“合”。一篇精巧的文章写到这里，才算是达到精妙的顶点，黄山乃山中之奇山，北海是众奇并备，万巧同臻。游黄山到此，真可以说是叹观止矣。

然而究竟“合”出一些什么东西来呢？

三言两语是说不完的。以北海为中心，三五华里的半径内，景色万千，名目繁多。大则崇山峻岭，小至一石一树，无不奇绝人寰。从宾馆右转，走不多远，在深山绝谷的边缘上，出现了散花精舍，前面不远就是梦笔生花、笔架峰、骆驼石、上升峰和老翁钓鱼，再往前走就是始信峰。登上始信峰顶，下临无地，隔着深涧远处可见仙女峰、石笋矼，石笋壁立千仞，真仿佛天上有一个顶天立地的金刚巨无霸从上面把石笋栽在那里，成为宇宙奇观。我们只是从远处看石笋矼，徐霞客是亲身到过。他在《游记》里写道：“趋石笋矼，至向年所登尖峰上，倚松而坐，瞰坞中峰石回攒，藻绘满眼，如觉匡庐、石门，或具一体，或缺一面，不若此之闳博富丽也。”

“闳博富丽”当然还不仅限于石笋矼。北海附近这一些名胜，无不“闳博富丽”、“藻绘满眼”。比如清凉台、曙光亭，都各有奇妙之处。出宾馆左折西行，可以到西海。沿路青松参天，翠竹匝地，有很多有名的奇景。走到尽头，同别的地方一样，眼前又是峭壁千仞，深涧万寻。从这里的排云亭上，可以看到丹霞峰、松林峰、石床峰，各各刺入青天，令人神往。据说这地方是看落照的好地方，可惜我们来的时候，不是黄昏，我们只有怅望西天，幻想一番日落西山、红霞满天的情景而已。

是不是北海就只“合”出了这样一些东西来呢？

也还不是的。黄山有所谓四大奇景：奇松、怪石、云海、温泉。温泉一进山就可以看到，上面已经说过，这里不再提了。其他三奇，除了云海以外，一进山也都陆续可以看到。从慈光阁开始，只要你注意，奇松、怪石，到处可见。简直是让你一步一吃惊，一步一感叹。到了北海算是达到了顶峰，所谓集大成者就是。

那么，人们也许要问，奇松奇在什么地方呢？这个问题问得好，我初次听说奇松时，心里也泛起过这个问题。我游遍了黄山，到了北海，要想答复这个问题，也还感到非常困难，简直可以说是回答不出。我常常想，世间一切松树无不是奇的。奇就奇在它同其他一切树都不一样。其他树木的枝子一般都是往上长的，但是松树的枝干却偏平行着长或者甚至往下长。其他树木从远处看上去都能给人一个轮廓，虽然茂密，但却杂乱，然而松树给人的轮廓却是挺拔、秀丽，如飞龙，如翔凤，秩序井然，线条分明。松柏是常常并称的。如果它们站在一起，人们从远处看，立刻就能够分清哪是松，哪是柏。总之一句话，我们脑中一切关于树的规律，松树无不违反。此之所谓奇也。

但是，黄山上的松树比其他地方更奇，是奇中之奇。你只要看一看黄山上有名字的名松，你就可以知道：蒲团松、连理松、扇子松、黑虎松、团结松、迎客松、送客松、飞虎松、双龙松、龙爪松、接引松，此外还不知道有多少松。连那些不知名的大松、小松、古松、新松、长在悬崖上的松，长在峭壁上的松，长在任何人都不能想象的地方的松，千姿百态，石破天惊，更是违反了一切树木生长的规律。别的地方的松树长上一千多年，恐怕早已老态龙钟了，在这里却偏偏俊秀如少女，枝干也并不很粗。在别的地方，松树只能生长在土中，在这里却偏偏生长在光溜溜的石头上。在别的地方，松树的根总是要埋在土里的，在这里却偏偏就把大根、小根、粗根、细根，一股脑儿地、毫不隐瞒地、赤裸裸地摆在石头上，让你看了以后，心里不禁替它担起忧来。黄山松奇就奇在这里。看松而看到黄山松，真可以说是达到顶峰了。

谈到怪石，也真是够怪的。那么这些石头怪又怪在何处呢？在别的名山胜地中，也有一些有名有姓的山峰，也有一些有名有姓的石头。但是在黄山，这种山峰和石头却多得出奇：虎头岩、郑公钓鱼台、莺谷石、碰头石、鲫鱼背、羊子过江、仙人飘海、仙桃石、蓬莱三岛、鹦哥石、飞鱼石、采莲船、孔雀戏莲花、象石、金龟望月、仙鼠跳天都、仙人下轿、仙人把洞门、姜太公钓鱼、犀牛望月、指路石、金龟探海、老僧入定、老僧观海、仙人绣花、鳌鱼吃螺蛳、容成朝轩辕、鳌背驮金鱼、仙人下棋、仙人背包、飞来钟、老翁钓鱼、梦笔生花、猪八戒吃西瓜、书箱峰、达摩面壁、仙人晒靴、老虎驮羊、天鹅孵蛋、关公挡曹、仙人铺路、太白醉酒、五老荡船、天狗望月、双猫捕鼠、苏武牧羊、老僧采药、仙人指路、喜鹊登梅、猴子捧桃，等等。名目确实够繁多的了。名目之所以这样繁多，决定因素就是因为这里石头长得怪。如果不怪的话，就决不会有这样多的名目。你以为这些五花八门的名目已经把黄山的怪石都数尽了吗？不，还差得很远。如果你有时间，静坐在黄山的某一个地方，面对眼前的奇峰怪石，让自己的幻想展翅翱翔，你还可以想出一大批新鲜动人的名目。比如我们几个人在西海排云亭附近面对深涧对面的山，我看出了一座“国际饭店”。这个名字一提出，你就越看越像，像得不能再像了，我们都为这个天才的发现而狂欢。假我以时日，我们可以巧立名目，为黄山创立大批新鲜别致，不但形似而且神似的名目，再为黄山增添光彩。

在怪石中最怪的，当然要数飞来石。顾名思义，人们认为这块大石头是从天外飞来的。我们从玉屏楼到北海的路上、快到北海的时候，已经从远处看到了它。它是在一座小山峰的顶上，孑然耸立在那里。上粗下细，同山峰接触的地方只是一个点，在山风中好像是摇摇欲坠，让人不禁替它捏一把汗。后来我们从北海到西海，在回去的路上，爬了上去，一直爬到峰顶上，同黄山别的山头一样，小小的一个峰顶，下临万丈深涧。看到飞来石，我们都大吃一惊；原来同峰顶连接的地方有一条缝。这样一块巨石，上粗下细，又不固定在峰顶上，怎能巍然屹立在那里，而且还不知已经屹立了多少年呢？在这漫长的时间内，谁知道它已经经历了多少狂风暴雨、山崩地震呢？而它到今天仍然是岿然不动，简直违反了物理的定律。我们没有别的话可说，只能说它是奇中之奇了。

至于黄山的云海，更是我闻所未闻，见所未见。一座大山竟然有北海、西海、天海、前海、后海，这样许多海，初听时难道不真是让人不解吗？原来这些海都是云海。我从小读王维的诗："行列水穷处，坐看云起时。"觉得这个境界真是奇妙，心向往之久矣。可是活了六十多岁，也从来没能看到云起究竟是什么样子。一天，我们正在北海的一个山头上，猛回头，看到隔山的深涧忽然冒起白色的浓烟。我直觉地认为这是炊烟。但是继而一想，炊烟哪能有这样的势头呢？我才恍然：这就是云起。升起来的云彩，初时还成丝成缕，慢慢地转成一片一团，颜色由淡白转浓。最初群山的影子还隐约可见，转瞬就成了一片云海，所有的山影都被遮住，云气翻滚，宛若海涛。然而又一转瞬，被隐藏起来的山峰的影子又逐渐清晰，终于又由浓转淡，直到山峰露出了真面目，云气全消，依然青山滴翠，红日皓皓。所有这一切都发生在几分钟之内。这算不算是云海呢？旁边的人说："还不能算是真正的云海。那要大雨之后。"我只好相信他的话。但是，"慰情聊胜无"，不是比没有看到这种近似云海的景象要好得多吗？

除了上面谈的四大奇景之外，我还有一点意外的收获，那就是我在黄山看了日出。日出并没有列入黄山四奇之内，但仍然可以说是一奇。北海的曙光亭，顾名思义，就是看日出的最好的地方。几十年前，当我还年轻的时候，我曾登泰山看日出，在薄暗中、鹄候在玉皇顶上，结果除了看到一团红红的云彩之外，什么也没有看到。我只有暗自背诵姚鼐的《登泰山记》，聊以自慰：

及既上，苍山负雪，明烛天南。望晚日照城郭，汶水、徂徕如画，而半山居雾若带然。戊申晦，五鼓，与子颖坐日观亭待日出。大风扬积雪击面。亭东自足下皆云漫。稍见云中白若樗蒲数十立者，山也。极天云一线异色，须臾成五采，日上，正赤如丹，下有红光，动摇承之。或曰：此东海也。

这一次来到黄山北海，早晨天还没有亮，就有人跑着、吵着去看日出。我一骨碌爬起来，在凌晨的薄暗中摸索着爬上曙光亭，那里已经是黑鸦鸦的一团人。我挤在后面，同大家一样向着东方翘首仰望。天是晴的。但在东方的日出处，却有一线烟云。最初只显得比别处稍亮一点而已。须臾，彩云渐红，朝日露出了月牙似的一点；一转眼间，它就涌了出来，顶端是深紫色，中间一段深红，下端一大段深黄。然而立刻就霞光万道，白云为霞光所照，成了金色，宛如万朵金莲飘悬空中。

就这样，黄山的三奇，奇松、怪石、云海，还加上一个奇：日出。我在黄山，特别是在北海，都领略过了。再拿做文章来打个比方，起、承、转、合，这几大股都已做完，文章应该结束了。

然而不然，从我的感情和印象说起来，合还没有合完，文章也就不能结束。从我的激情来看，这仿佛刚才达到高潮，文章更不能就此结束了。我们原来并不想在北海住这样久。但是越住越想住，越住越不想走。三天之内，我们天天出去，天天有新的发现，大有流连忘返之意。我们最后怀着惜别的心情，离开北海的时候，我的内心如潮涌，如云起，一步三回头。我们绕过黑虎松走上后山的道路，向着云谷寺的方向走去。一路之上，流水潺潺，山风习习，蝉声相送，鸟鸣应和，苍松翠竹，映带左右。我们又像走到山阴道上，应接不暇了。但是我们走到幽篁中，闻鸟声却不见鸟，我们笑着开玩笑说，这是留客鸟，它们也惋惜我们即将离去，大有依依不舍之意呢。

此时周围清幽阒静，好像宇宙间只有我们几个人似的。但是我的内心里却又像来黄山的路上那样如波涛汹涌，遐想联翩，我想到过去游览过国内外的名山大川。我一时想到泰山，一时又想到石林。这都是天下奇秀，有口皆碑。但是我觉得，同黄山比起来，泰山有其雄伟，而无其秀丽；石林有其幽峭，而无其雄健。黄山是大则气势磅礴，神笼宇宙，小则剔透玲珑，耐人寻味。如果拿美学名词来比附的话，我们就可以说，黄山既有阳刚之美，又有阴柔之美。可谓刚柔兼，二难并，求诸天下名山，可谓超超玄箸了。

我一下子又想到中国的山水画。远山一般都只用淡墨渲染，近山则用各种的皴法。对远山的那种处理，只要在有山的地方，看到过远山的人，都会同意的，都会知道，那实际上是把自然景物，再加上点画家个人的幻想与创造，搬到了纸上来的。这不同于自然主义，这是形似而又神似。但是对近山的那些不同的皴法，则生长在北方高山不多的地方的人，有时就不大容易理解，认为这不过是画家的传统手法，没有多大意思的。特别是对大涤子这样的画家，更不容易理解。今天我到了黄山，据说大涤子在这里住过，积年疑团，顿时冰释。我站在任何一个悬崖峭壁的下面，抬头仰望，注意凝视，观之既久，俨然是一幅大涤子的山水画出现在自己的眼前，我也俨然成了画中人了。但见这一幅画，笔墨恣纵，元气淋漓，皴法新颖，巨细无遗。倘若我们请天上匠作大神，来到人间，盖上一座万丈高的大厦，把这一幅大画挂在里面，不知会产生什么效果，恐怕观赏的人都会目瞪口呆、惊愕万状吧！此时，只在此时，我才真正理解中国古代山水画家，其中也包括像大涤子这样有天才、有独创性，能独辟蹊径，开一代风气的画家，都是在仔细观察自然山色，简练揣摩，融会贯通之后，然后才下笔的。他们决不是专门抄袭古人，拾古人牙慧的。

我一下子又想到，天下名山多矣，中外皆然。但是像黄山这样的名山，却真如凤毛麟角。为什么中国竟会有黄山这样的山呢？这个问题似乎非常幼稚，实际上却是发自我内心深处的一个问题。我并不觉得它有什么幼稚、可笑。古人会说，这是灵气所钟。什么又是灵气呢？灵气这东西摸不着，看不到，实在是玄妙得很。但是依我看，它又确实是存在着的。我们一到黄山，第一天晚上，坐在宾馆外深涧岸边，细听涧中水声，无意中捉到了一个萤火虫，发现它比别的地方的都大而肥壮。后来我们又发现这里的知了也比别的地方的大而肥壮，就连苍蝇也和别的地方不同，大得、壮得惊人，而在海拔近两千米的天都峰顶，天风猎猎，人站在那里都摇摇欲坠，然而却能见到苍蝇，而且都有点气魄，飞驶迅速，呼啸而过。这实在使我吃惊不小，不用灵气所钟，又怎样解释呢？世界各国都有它们灵气所钟的地方，对于这些地方，只要我能走到、看到，我都喜爱、欣赏，一视同仁，决不会有任何偏心。但是，有黄山这样灵气所钟的地方，我作为一个中国人感到无比的骄傲与幸福。我因此更热爱我们这一块土地，我更热爱我们这一个国家。我们也并不想把黄山秘而不宣，独自享受。“但愿人长久，千里共婵娟”。我也但愿世界永存，黄山永在，永远以它那无比美妙的山色，为我们提供无比美妙的怡悦。

我一下子又想到，古人说，人生要读万卷书，行万里路。又说太史公司马迁周览名山大川，故其文疏宕有奇气。还有人说，唐代大书法家张旭观公孙大娘舞剑器，因而书法大进。我现在游览了黄山，将来会产生什么样的影响呢？我一非文豪，二非书法家，这影响究竟要产生在什么地方呢？不管怎样，影响终归会有的，我且拭目以待。

我就是这样一边走，一边想，一边还欣赏四周奇丽景色，不知不觉地就回到了温泉。等到我从北海返回温泉的时候，我仿佛成了一个阿丽思，我漫游了一个奇而又奇的奇境。过去一周的游踪，历历呈现在我心中。我的黄山梦于今实现了。但我并不满足于实现了梦境，而是梦得更加厉害起来。我仿佛还并没有到过真正的黄山，不，黄山对我来说，比原来还要陌生，还要奇妙。我直觉地感到，真正的黄山我还没有看到。我从北海归来，只看了黄山的皮毛。黄山的名胜真如五光十色，扑朔迷离，在那“万壑树参天，千山响杜鹃”中似乎还隐藏着什么秘密，有待于我，有待于其他人去发现，去欣赏，去惊叹。古时候有一首关于黄山的诗：

踏遍峨嵋与九嶷
无兹殊胜幻迷离
任他五岳归来客
一见天都也叫奇

我还没有历游五岳，也还没有到过峨嵋与九嶷。我对黄山、对天都叫奇，完全是很自然的。我相信，即使我有朝一日真的遍游五岳，登峨嵋，探九嶷，我再到黄山来，仍然会叫奇不绝的。

我来的时候，心里带来了一个假的黄山图，它一遇到真黄山就破碎消失了。我现在离开的时候，带走了一幅真正的黄山图。虽然我还不能相信，这一幅图就是黄山的真相，但是这幅黄山图将永远留在我的心中。经过了一段时间酝酿思忖，我现在写出了我心目中的黄山。但写的过程中，我时时怀疑我这一支拙笔会玷污了黄山。古人诗说；“美人意态画不出，当时枉杀毛延寿。”我现在真觉得，“黄山意态写不出，枉费不眠数夜间”。《世说新语》任诞第三十三说：

桓子野每闻清歌，辄唤：“奈何！”谢公闻之曰：“子野可谓一往有深情。”

这里指的是，桓子野每闻清歌，辄情动乎中。我现在面对着黄山，心中有一美妙的黄山，笔下的黄山却并不那么美妙，我也只能学一学桓子野，徒唤奈何。

1979年12月9日写毕

# 在敦煌

刚看过新疆各地的许多千佛洞，在驱车前往敦煌莫高窟千佛洞的路上，我心里就不禁比较起来：在那里，一走出一个村镇或城市，就是戈壁千里，寸草不生；在这里，一离开柳园，也是平野百里，禾稼不长，然而却点缀着一些骆驼刺之类的沙漠植物，在一片黄沙中绿油油地充满了生意，看上去让人不感到那么荒凉、寂寞。

我们就是走过了数百里这样的平野，最终看到一片葱郁的绿树，隐约出现在天际，后面是一列不太高的山冈，像是一幅中国水墨山水画。我暗自猜想：敦煌大概是快到了。

果然是敦煌到了。我对敦煌真可以说是“久仰大名，如雷贯耳”了。我在书里读到过敦煌，我听人谈到过敦煌，我也看过不知多少敦煌的绘画和照片。几十年梦寐以求的东西如今一下子看在眼里，印在心中，“相见翻疑梦”，我似乎有点怀疑，这是否是事实了。

敦煌毕竟是真实的。它的样子同我过去看过的照片差不多，这些我都是很熟悉的。此处并没有崇山峻岭，幽篁修竹，有的只不过是几个人合抱不过来的千岁老榆，高高耸入云天的白杨，金碧辉煌的牌楼，开着黄花、红花的花丛。放在别的地方，这一切也许毫无动人之处；然而放在这里，给人的印象却是沙漠中的一个绿洲，戈壁滩上的一颗明珠，一片淡黄中的一点浓绿，一个不折不扣的世外桃源。

至于千佛洞本身，那真是琳琅满目，美不胜收，五光十色，云蒸霞蔚。无论用多么繁缛华丽的语言文字，不管这样的语言文字有多少，也是无法描绘，无法形容的。这里用得上一句老话了：“只能意会，不能言传。”洞子共有四百多个，大的大到像一座宫殿，小的小到像一个佛龛。几乎每一个洞子里都画着千佛的像。洞子不论大小，墙壁不论宽窄，无不满满地画上了壁画。艺术家好像决不吝惜自己的精力和颜料，决不吝惜自己的光阴和生命，把墙壁上的每一点空间，每一寸的空隙，都填得满满的，多小的地方，他们也决不放过。他们前后共画了一千年，不知流出了多少汗水，不知耗费了多少心血，才给我们留下了这些动人心魄的艺术瑰宝。有的壁画，就暴露在光天化日之下，经过了一千年的风吹、雨打、日晒、沙浸，但彩色却浓郁如新，鲜艳如初。想到我们先人的这些业绩，我们后人感到无比的兴奋、震惊、感激、敬佩，这难道不是很自然吗？

我们走进了洞子，就仿佛走进了久已逝去的古代世界，甚至古代的异域世界；仿佛走进了神话的世界，童话的世界。尽管洞内洞外，一点声音都没有，但是看到那些大大小小的雕塑，特别是看到墙上的壁画：人物是那样繁多，场面是那样富丽，颜色是那样鲜艳，技巧是那样纯熟，我们内心里就不禁感到热闹起来。我们仿佛亲眼看到释迦牟尼从兜率天上骑着六牙白象下降人寰，九龙吐水为他洗浴，一下生就走了七步，口中大声宣称：“天上天下，唯我独尊。”我们仿佛看到他读书、习艺。他力大无穷，竟把一只大象抛上天空，坠下时把土地砸了一个大坑。我们仿佛看到他射箭，连穿七个箭靶。我们仿佛看到他结婚，看到他出游，在城门外遇到老人、病人、死人与和尚，看到他夜半乘马逾城逃走，看到他剃发出家。我们仿佛看到他修苦行，不吃东西，修了六年，把眼睛修得深如古井。我们又仿佛看到他翻然改变主意，毅然放弃了苦行，吃了农女献上的粥，又恢复了精力，走向菩提树下，同恶魔波旬搏斗，终于成了佛。成佛后到处游行，归示，度子，年届八旬，在双林涅槃。使我们最感兴趣、给我们印象最深的是那许许多多的涅槃的画。释迦牟尼已经逝世，闭着眼睛，右胁向下躺在那里。他身后站着许多和尚和俗人。前排的人已经得了道，对生死漠然置之，脸上毫无表情地站在那里。后排的人，不管是国王、各族人民，还是和尚、尼姑，因为道行不高，尘欲未去，参不透生死之道，都号啕大哭，有的捶胸，有的打头，有的击掌，有的顿足，有的撕发，有的裂衣，有的甚至昏倒在地。我们真仿佛听到哭声震天，看到泪水流地，内心里不禁感到震动。最有趣的是外道六师，他们看到主要敌手已死，高兴得弹琴、奏乐、手舞、足蹈。在盈尺或盈丈的墙壁上，宛然一幅人生哀乐图。这样的宗教画，实际上是人世社会的真实描绘。把千载前的社会现实，栩栩如生地搬到我们今天的眼前来。

在很多洞子里，我们又仿佛走进了西方的极乐世界，所谓净土。在这个世界里，阿弥陀佛巍然坐在正中。在他的头上、脚下、身躯的周围画着极乐世界里各种生活享受：有伎乐，有舞蹈，有杂技，有饮馔。好像谁都不用担心生活有什么不足，衣来伸手，饭来张口。而且这些饮食和衣服，都用不着人工去制作。到处长着如意神树，树枝子上结满了各种美好的饮食和衣物，要什么，有什么，只需一伸手一张口之劳，所有的愿望就都可以满足了。小孩子们也都兴高采烈，他们快乐得把身躯倒竖起来。到处都是美丽的荷塘和雄伟的殿阁，到处都是快活的游人。这些人同我们这些凡人一样，也过着世俗的生活。他们也结婚。新郎跪在地上，向什么人叩头。新娘却站在那里，羞答答不肯把头抬。许多参加婚礼的客人在大吃大喝。两只鸿雁站在门旁。我早就读过古代结婚时有所谓“奠雁”的礼节，却想不出是什么情景。今天这情景就摆在我眼前，仿佛我也成了婚礼的参加者了。他们也有老死。老人活过四万八千岁以后，自己就走到预先盖好的坟墓里去。家人都跟在他后面，生离死别。虽然也有人磕头涕哭，但是总起来看，脸上的表情却都是平静的、肃穆的，好像认为这是人生规律，无所用其忧戚与哀悼。所有这一切世俗生活的绘画，当然都是用来宣扬一个主题思想：不管在什么样的生活环境中，只要一心念阿弥陀佛，就可以往生净土，享受天福。这当然都是幻想，甚至是欺骗。但是艺术家的态度是认真的，他们的技巧是惊人的。他们仔细地描，小心地画，结果把本是虚无缥缈的东西画得像真实的事物一样，生动活泼地、毫不含糊地展现在我们眼前，让我们对于历史得到感性认识，让我们得到奇特美妙的艺术享受。艺术家可能真正相信这些神话的，但是这对我们是无关重要的，重要的是他们的画。这些画画得充满了热情，而且都取材于现实生活。在世界各国的历史上，所有的神仙和神话，不管是多么离奇荒诞，他们的模特儿总脱离不开人和人生，艺术家通过神仙和神话，让过去的人和人生重现在我们眼前。我们探骊得珠，于愿已足，还有什么可以强求的呢？

最使我吃惊的是一件小事：在这富丽堂皇的极乐世界中，在巍峨雄伟的楼台殿阁里，却忽然出现了一只小小的老鼠，鼓着眼睛，尖着尾巴，用警惕狡诈的目光向四下里搜寻窥视，好像见了人要逃窜的样子。我很不理解，为什么艺术家偏偏在这个庄严神圣的净土里画上一只老鼠。难道他们认为，即使在净土中，四害也是难免的吗？难道他们有意给这万人向往的净土开上一个小小的玩笑吗？难道他们有意表示即使是净土也不是百分之百的纯洁吗？我们大家都不理解，经过推敲与讨论，仍然是不理解。但是我们都很感兴趣，认为这位艺术家很有勇气，决不因循抄袭，决不搞本本主义，他敢于石破天惊地去创造。我们对他都表示敬意。

在许多洞子里，我们还看到了许多经变，什么法华经变，楞伽经变，金光明经变，如此等等。艺术家把经中的许多章节，不是根据经文，而是根据变文，用绘画的形式表现出来。在这些经变里，法华经普门品似乎是最受欢迎的一品。普门品说，谁要是一心称观世音菩萨的名，入大火，大火不能烧；入大水，大水不能漂；入海求宝遇到黑风，船飘堕罗刹国，可以解脱罗刹之难；遭迫害临刑，刑刀段段坏；女子求生男孩，就可以生福德智慧之男；求生女孩，就可以生端正有相之女。总之，威灵显赫，有求必应。画上最多的是临刑刀寸寸断的情景。这似乎是最能形象地表现观音菩萨的法力的一个题材。但是我们也可以看到许多描绘人民生活和生产的情景。一个农民赶着耕牛去耕地。许多小手工业者坐在那里制作什么东西。人们在家里面安静地宴客。人们在花园中游乐。人们到灞桥去送别亲友，折杨柳为赠。我曾在不知多少唐诗中读到这情景，今天才第一次在绘画上看到。最有意思的、最耐人寻味的是许多绘画，画的是人们大便的情景，刷牙的情景。据我所知道的，在世界各国任何时代的任何绘画中都难找到这样的绘画。这好像也成了绘画的禁区。然而我们的艺术家却有勇气冲破这不成文而事实上却存在的禁区，把这种细微并不那么太雅观的情景画给我们看。除了佩服以外，我还能说些什么呢？此外，描绘舞蹈的场面和杂技的场面，也是非常动人的。一个个乐队，一个个乐工，手中执着各种各样的乐器，什么箫、笛、筝、琴、箜篌、排箫、阮咸、琵琶，还有尺八，神情是这样逼真，人物是这样细致，我们耳中仿佛能听到各种乐器和谐的弹奏声，静静的洞子一时喧阗起来。舞蹈的场面也很动人。男女舞人，翩翩起舞，有人甩着长大的袖子，有人动作非常强烈，所谓“胡旋舞”大概就是这个样子吧。我们看到的虽然不是真正的舞蹈，而只是绘画，但是我们也恍然感到“观者如山色沮丧，天地为之久低昂。㸌如羿射九日落，矫如群帝骖龙翔。来如雷霆收震怒，罢如江海凝清光”。至于杂技，更是动人心魄。一个演员站在那里，头上顶着长竿，竿顶上站着一个人，人头顶上还站着一个小孩子。看那摇摇欲坠的样子，我们不禁为画上的古人担忧起来。然而，不要怕，两旁还站着两个人哩。他们好像是为了防备万一而站在那里。虽然都戴着纱帽，斯斯文文的，看来好像也满有把握，我们可以放心了。前面坐着一些人，这大概就是观众。画面上人数不算多，但看上去却热闹得很。在古代文化交流中，音乐、舞蹈和杂技，好像是占着突出的地位。在新疆的许多千佛洞中，这样的场面也是随时可见的。

在所有的经变中，维摩诘经变是最常见的。这一部经在唐代大概是非常流行、非常受欢迎的。唐代的一个姓王的大诗人，取名维，字摩诘，合起来就是维摩诘，就是一个很好的证明。我们在很多洞子里，都看到关于维摩诘的壁画。尽管大小不同，洞子不同，但是他的形象却基本上是一致的。维摩诘手执麈尾或者扇子，傲然地斜坐在一张床上，眼神嘴角流露出一副能言善辩、轻蔑藐视的神态。这一部经本身就是一部很好的长篇小说，讲的是一个佛教的居士，名叫维摩诘，唐玄奘译为无垢称。他深通佛法，辩才无碍。有一次他病了，如来佛派大弟子舍利弗去问疾。舍利弗吃过他辩才的苦头，有点发怵不敢去。佛又派大目犍连、大迦叶、须菩提、富楼那多罗尼子、摩诃迦旃延、阿那律、优波离、罗睺罗、阿难、弥勒菩萨、善德等等去，但是谁也没有胆量去。最后文殊师利膺命前往。维摩诘以神力空其室内，只留下了一张床，他生病坐在上面。于是二人展开了一场辩才战。诸菩萨、大弟子、群释、四天王等都赶来瞧热闹。后来舍利弗和大迦叶也赶了来。最后文殊师利和维摩诘一起来见佛。这一篇小说似的经文以如来把正法付嘱于弥勒佛而结束。小说本身内容很丰富，辩论很激烈，描绘很生动，对话很犀利。壁画更发展了这一部经文，把故事画得热闹非常、生动活泼，具有极大的感染力。维摩诘仿佛就要从床上站立起来，而且要走下墙来，同我们展开一场唇枪舌战……

在许多洞子里，除了神话故事以外，还画着许多世俗画。开洞的窟主往往把自己以及一家人都画在墙上。有时候画上一队男官人，前面的几个都是秃头和尚；一队贵妇前面几个是秃头的尼姑。这是本家族里面出家的人，是他们的光荣，是他们的骄傲，所以才被画在前面。这些男女贵人排成队，好像要向佛爷走去。他们为什么要把自己的像画在这千佛洞里呢？是为了宗教功德吗，还是为了永垂不朽？恐怕二者都有一点吧。最引人注目的是张义潮出游图。唐代这个独霸一方的大军阀、大官僚，在河西一带很有势力，很有影响，他一跺脚，整个河西走廊都会震动。他的家族开凿了不少的洞子，在一个洞子里就画着自己出游的情景。他自己巍然骑在马上，前面是部队开路，也都骑着马，有的手里拿着乐器，有的手里举着旗帜。拿乐器的正在猛吹猛奏，好像是要行人回避，也好像是在为军容壮声威。后面跟着的是成群的扈从，都是宽衣博带，雍容华贵。乐器中除了喇叭等之外，还有画角，我从小念唐诗，不知多少次碰到“画角”这个字眼，但是始终没有见过画角是什么样子。今天见面，宛如故友重逢，分外感到亲切。总之，这一幅一千多年前的出游行乐图，彩色鲜艳地、生动活泼地摆在我们眼前。当时的情景跃然壁上。我们今天站在下面看壁画的人，恍惚间成了当时站在路旁的旁观者，看人马杂沓，车如流水，乐声喧腾，尘土飞扬，好像正从墙壁的一端走向另一端，转瞬即逝。

在一个洞子里，我们还看到一幅巨大的五台山图。既然是五台山，当然与宣扬文殊菩萨是分不开的。但是我们今天看到的却是一幅用绘画形式表现出来的地图和人民生活图。这幅图上画的是从镇州（正定）一直到并州（太原）旅途的情景。这条绵延数百里的路是同绵延数百里的五台山分不开的。这座大山峰峦起伏，山头林立，宛如雨后的春笋一般。山上的名刹都画出了房舍，标出了名字。山下则是一条商路。商人们熙熙攘攘，车水马龙，牲口背上驮着货物，匆匆忙忙向前趱行。旅途是遥远的，就必然要有住宿的客店。于是在图上许多地方都画着客店。店主人、店小二在热情地招呼客人，客人则是出出进进，热闹非常。我们今天的中国青年，甚至中年老年，习惯于住北京饭店、国际饭店一类的高楼大厦，对古代商人旅人行路困难丝毫没有认识。读到“鸡声茅店月，人迹板桥霜”，还有什么“夕阳西下，断肠人在天涯”，也许还能引起一些遐思，但是决不会引起同情，我们对那种生活已经非常非常隔膜了。但是这一幅五台山图，会把我们带回到当年的生活环境中去，让我们做一个思古的梦。从这个意义上来讲，这一幅壁画无疑是我们的国宝之一。当年有一个帝国主义国家要出十万美元，收买这一幅壁画，没有得逞，否则我们的这件国宝早已到了波士顿博物馆之类的地方去了。岂不惜哉！

在另外一些洞子里，我们还看到一些和尚西行求法的壁画。这也是必然的。开凿这些洞子主要地是为了宣扬佛教。“千佛洞”这个名词本身就说明了一切。佛教来自印度，这里画着许多出生在印度的佛爷和菩萨，是很自然的。但是如果没有中国和尚到印度去取经，没有印度和尚到中国来送经，佛教是决不会自己走了来的。因此，我们总是期望，在某一些洞子里能够看到中国西行求法的和尚。事实上也正是这样，我们看到了，而且看到的还不少。一提到西行求法，谁都会立刻就想到唐代高僧玄奘。在一个洞子里，我们确实看到了唐僧取经的壁画。这是一幅水月观音的巨大的壁画，水月观音巨大的身躯几乎占满了全壁。他身上衣着金碧辉煌，头上冠冕富丽堂皇。令人吃惊的是，他嘴上居然还留着一撮小胡子。他神态倨傲又慈悲，伸脚坐在那里。在壁画的右下角一块小小的地方画着玄奘，双手合十站在一个悬崖上，面向水月观音，好像就正向他致敬。他身后是大徒弟孙悟空，手里牵着那一匹小白龙变成的马。二徒弟猪八戒和三徒弟沙僧跑到哪里去了呢？看样子他们并没有去寻山探路，也不是去托钵求斋，他们还站在壁画外面。正在向着壁画里走哩。

同求法高僧有联系的是商人。宗教按理说是出世的，和尚尼姑是不许触摸金银的。而“商人重利轻别离”，他们总是想赚大钱的。他们之间是风马牛不相及的，哪里会有什么联系呢？但是所有在中国境内的千佛洞都是开凿在丝绸之路沿线的，丝绸之路顾名思义是一条商业大道。这就有力地说明了二者间的密切关系。在印度佛教史上，从佛祖释迦牟尼开始，就同商人有亲密的往来，和尚和商人，不但相辅相成，而且相依为命。所以丝绸之路，同时也是宗教之路。中国、印度和其他国家的高僧很大一部分是走丝绸之路来往的。因此，在千佛洞里除了求法高僧外，看到商人的壁画，也是很自然的。在新疆拜城克孜尔千佛洞中，我曾在一壁佛画的中间一小块空隙中看到一个穿伊朗服装的商人，赶着几匹骆驼，上面驮着中国出产的丝，正在走路的样子。一个佛爷站在旁边，好像把自己的右手的两个指头像点蜡烛一样点了起来，发出万丈光芒，照亮了丝绸之路。这幅壁画的用意是再清楚不过的，这里用不着多说。在敦煌的千佛洞里，丝绸之路也有所表现。贩运丝绸的中外商人，赶着骆驼和马，向西方迈进。沙路茫茫，前途万里，而商人毫不气馁。有的地方画着商人在路上走路的情况。路大概是很难走，马走得乏了，再也不想前进，于是一个商人在前面用力牵，另一个商人在后面拼命地用鞭子抽打，人忙马嘶的情景宛在目前，宛在耳边。还有不少地方画着商人遇劫的情况。一些绿林豪客手执明晃晃的钢刀，耀武扬威地挡在那里。商人们则卑躬屈膝，甚至跪在地上求饶，觳觫之状可掬，他们仿佛是在对话，声音就响在我们耳边。可见，虽然有佛光照亮万里长途，但人间毕竟是人间，行路难之叹，唐代诗人早就发出来了，何况是漫漫数万里呢？至于海上商路，虽然不在丝绸之路上，但是我们的艺术家也不放过。我们在几个地方都看到航海的商船。船并不大，上面画着几个人，好像就已经把船占满了，有点象征主义的味道。但是船外的海涛决不含糊地告诉我们，这是漂洋过海的壮举。为什么在万里之外的甘肃新疆大沙漠里，竟然画到海上贸易呢？这一点，我还不十分清楚。也还要推敲而且研究。

总之，洞子共有四百多个，壁画共有四万多平方米，绘画的时间绵延了一千多年，内容包括了天堂、净土、人间、地狱、华夏、异域、和尚、尼姑、官僚、地主、农民、工人、商人、小贩、学者、术士、妓女、演员、男、女、老、幼，无所不有。在短短的几天之内，我仿佛漫游了天堂、净土，漫游了阴司、地狱，漫游了古代世界，漫游了神话世界，走遍了三千大千世界，攀登神山须弥山，见到了大梵天、因陀罗，同四大天王打过交道，同牛首马面有过会晤，跋涉过迢迢万里的丝绸之路，漂渡烟波浩渺的大海大洋，看过佛爷菩萨的慈悲相，听维摩诘的辩才无碍，我脑海里堆满色彩缤纷的众生相，错综重叠，突兀峥嵘，我一时也清理不出一个头绪来。在短短几天之内，我仿佛生活了几十年。在过去几十年中，对于我来说是非常抽象的东西，现在却变得非常具体了。这包括文学、艺术、风俗、习惯、民族、宗教、语言、历史等等领域。我从前看到过唐代大画家阎立本的帝王图，李思训的金碧山水，宋朝朱襄阳朱点山水，明朝陈老莲的人物画，大涤子的山水画，曾经大大地惊诧于这些作品技巧之完美，意境之深邃，但在敦煌壁画上，这些都似乎是司空见惯，到处可见。而且敦煌壁画还要胜它们一筹：在这里，浪漫主义的气氛是非常浓的。有的画家竟敢画一个乐队，而不画一个人，所有的乐器都系在飘带上，飘带在空中随风飘拂，乐器也就自己奏出声音，汇成一个气象万千的音乐会。这样的画在中国绘画史上，甚至在别的国家的绘画史上能够找得到吗？

不但在洞子里我们好像走进了久已逝去的古代世界，就是在洞子外面，我们倘稍不留意，就恍惚退回到历史中去。我们游览国内的许多名胜古迹时，总会在墙壁上或树干上看到有人写上的或刻上的名字和年月之类的字，什么某某人何年何月到此一游。这种不良习惯我们真正是已经司空见惯，只有摇头苦笑。但要追溯这种行为的历史那恐怕是古已有之了。《西游记》上记载着如来佛显示无比的法力，让孙悟空在自己的手掌中翻筋斗，孙悟空翻了不知多少十万八千里的筋斗，最后翻到天地尽头，看到五根肉红柱子，撑着一股青气。为了取信于如来佛，他拔下一根毫毛，吹口仙气，叫“变”，变作一管浓墨双毫笔。在那中间柱子上写一行大字云：“齐天大圣，到此一游。”还顺便撒了一泡猴尿。因此，我曾想建议这一些唯恐自己的尊姓大名不被人知、不能流传的善男信女，倘若组织一个学会时，一定要尊孙悟空为一世祖。可是在敦煌，我的想法有些变了。在这里，这样的善男信女当然也不会绝迹。在墙壁上题名刻名到处可见，这些题刻都很清晰，仿佛是昨天才弄的。但一读其文，却是康熙某年，雍正某年，乾隆某年，已经是几百年以前的事了。当我第一次看到的时候，我不禁一愣：难道我又回到康熙年间去了吗？如此看来，那个国籍有点问题的孙悟空不能专“美”于前了。

我们就在这样一个仿佛远离尘世的弥漫着古代和异

域气氛的沙漠中的绿洲中生活了六天。天天忙于到洞子里去观看，天天脑海里塞满了五光十色丰富多彩的印象，塞得是这样满，似乎连透气的空隙都没有。我虽局处于斗室之中，却神驰于万里之外；虽局限于眼前的时刻之内，却恍若回到千年之前。浮想联翩，幻影沓来，是我生平思想最活跃的几天。我曾想到，当年的艺术家们在这样阴暗的洞子里画画，是要付出多么大的精力啊！我从前读过一部什么书，大概是美术史之类的书，说是有一个意大利画家，在一个教堂内圆顶天棚上画画，因为眼睛总要往上翻，画了几年之后，眼球总往上翻，再也落不下来了。我们敦煌的千佛洞比意大利大教堂一定要黑暗得多，也要狭小得多，今天打着手电，看洞子里的壁画，特别是天篷上藻井上的画，线条纤细，着色繁复，看起来还感到困难，当年艺术家画的时候，不知道有多少困难要克服。周围是茫茫的沙碛，夏天酷暑，而冬天严寒，除了身边的一点浓绿之外，放眼百里惨黄无垠。一直到今天，饮用的水还要从几十里路外运来，当年情况更可想而知。在洞子里工作，他们大概只能躺在架在空中的木板上，仰面手执小蜡烛，一笔一笔地细描细画。前不见古人，我无法见到那些艺术家了。

我不知道他们的眼睛也是否翻上去再也不能下来。我不知道是一种什么力量在支撑着他们，在那样艰苦的条件下给我们留下了这样优美的杰作，惊人的艺术瑰宝。我们真应该向这些艺术家们致敬啊！

我曾想到，当年中国境内的各个民族在这一带共同劳动，共同生活，有的赶着羊群、牛群、马群，逐水草而居，辗转于千里大漠之中；有的在沙漠中一小块有水的土地上辛勤耕耘，努力劳作。在这里，水就是生命，水就是幸福，水就是希望，水就是一切，有水斯有土，有土斯有禾，有禾斯有人。在这样的环境中，只有互相帮助，才能共同生存。在许多洞子里的壁画上，只要有人群的地方，从人们的面貌和衣着上就可以看到这些人是属于种种不同的民族的。但是他们却站在一起，共同从事什么工作。我认为，连开凿这些洞的窟主，以及画壁画的艺术家都决不会出于一个民族。这些人今天当然都已经不在了。人们的生存是暂时的，民族之间的友爱是长久的。这一个简明朴素的真理，一部中国历史就可以提供证明。我们生活在现代，一旦到了敦煌，就又仿佛回到了古代。民族友爱是人心所向，古今之所同。看了这里的壁画，内心里真不禁涌起一股温暖幸福之感了。

我又曾想到，在这些洞子里的壁画上，我们不但可以看到中国境内各个民族的人民，而且可以看到沿丝绸之路的各国的人民，甚至离开丝绸之路很远的一些国家的人民。比如我在上面讲到如来佛涅槃以后，许多人站在那里悲悼痛苦，这些人有的是深目高鼻，有的是颧骨高而眼睛小，他们的衣着也完全不同。艺术家可能是有意地表现不同的人民的。当年的新疆、甘肃一带，从茫昧的远古起，就是世界各大民族汇合的地方。世界几大文明古国，中国、印度、希腊的文化在这里汇流了。世界几大宗教，佛教、伊斯兰教、基督教在这里汇流了。世界的许多语言，不管是属于印欧语系，还是属于其他语系也在这里汇流了。世界上许多国家的文学、艺术、音乐，也在这里汇流了。至于商品和其他动物植物的汇流更是不在话下。所有这一切都在洞子里留下不可磨灭的痕迹。遥想当年丝绸之路全盛时代，在绵延数万里的路上，一定是行人不断，驼、马不绝。宗教信徒、外交使节、逐利商人、求知学子，备有所求，往来奔波，绝大漠，越流沙，轻万生以涉葱河，重一言而之奈苑，虽不能达到摩肩接踵的程度，但盛况可以想见。到了今天，情势改变了，大大地改变了。出现在我们眼前的是流沙漫漫，黄尘滚滚，当年的名城——瓜州、玉门、高昌、交河，早已沦为废墟，只留下一些断壁颓垣，孤立于西风残照中，给怀古的人增添无数的诗料。但是丝路虽断，他路代兴，佛光虽减，人光有加，还留下像敦煌莫高窟这样的艺术瑰宝，无数的艺术家用难以想象的辛勤劳动给我们后人留下这么多的壁画、雕塑，供我们流连探讨，使世界各国人民惊叹不置。抚今追昔，我真感到无比的幸福与骄傲，我不禁发思古之幽情，觉今是昨亦是，感光荣于既往，望继承于来者，心潮起伏，感慨万端了。

薄暮时分，带着那些印象，那些幻想，怀着那些感触，一个人走出了招待所去散步。我走在林荫道上，此时薄霭已降，暮色四垂。朱红的大柱子，牌楼顶上碧色的琉璃瓦，都在熠熠地闪着微光。远处砂碛没入一片迷茫中，少时月出于东山之上，清光洒遍了山头、树丛，一片银灰色。我周围是一片寂静。白天里在占榆的下面还零零落落地坐着一些游人，现在却空无一人。只有小溪中潺潺的流水间或把这寂静打破。我的心蓦地静了下来，仿佛宇宙间只有我一个人。我的幻想又在另一个方面活跃起来。我想到洞子里的佛爷，白天在闭着眼睛睡觉，现在大概睁开了眼睛，连涅槃了的如来也会站了起来。那许多商人、官人、菩萨、壮汉，白天一动不动地站在墙壁上，任人指指点点，品头论足。现在大概也走下墙壁，在洞子里活动起来了。那许多奏乐的乐工吹奏起乐器，舞蹈者、演杂技者，也都摆开了场地，表演起来。天上的飞天当然更会翩翩起舞，洞子里乐声悠扬，花雨缤纷。可惜我此时无法走进洞子，参加他们的大合唱。只有站在黑暗中望眼欲穿，倾耳聆听而已。

在寂静中，我又忽然想到在敦煌创业的常书鸿同志和他的爱人李承仙同志，以及其他几十位工作人员。他们在这偏僻的沙漠里，忍饥寒，斗流沙，艰苦奋斗，十几年，几十年，为祖国，为人民立下了功勋。为世界上爱好艺术的人们创造了条件。敦煌学在世界上不是已经成为一门热门学科了吗？我曾到书鸿同志家里去过几趟。那低矮的小房，既是办公室、工作室、图书室，又是卧室、厨房兼餐厅。在解放了三十年后的今天，生活条件尚且如此之不理想，谁能想象在解放前那样黑暗的时代，这里艰难辛苦会达到何等程度呢？门前那院子里有一棵梨树。承仙同志告诉我，他们在将近四十年前初到的时候，这棵梨树才一点点粗，而今已经长成了一棵粗壮的大树，枝叶茂密，青翠如碧琉璃，枝上果实累累，硕大无比。看来正是青春妙龄，风华正茂。然而看着它长起来的人却垂垂老矣。四十年的日日夜夜在他们身上不可避免地会留下了痕迹。然而，他们却老当益壮，并不服老，仍然是日夜辛勤劳动。这样的人难道不让我们每个人都油然而起敬佩之情吗？

我还看到另外一个人的影子，在合抱的老榆树下，在如茵的绿草丛中，在没入暮色的大道上，在潺潺流水的小河旁。它似乎向我招手，向我微笑，“翩若惊鸿，婉如游龙；荣曜秋菊，华茂春松”。这影子真是可爱极了。我是多么急切地想捉住它啊！然而它一转瞬就不见了。一切都只是幻影。剩下的似乎只有宇宙和我自己。

剩下我自己怎么办呢？我真是进退两难，左右拮据。在敦煌，在千佛洞，我就是看一千遍一万遍也不会餍足的。有那样桃源仙境似的风光，有那样奇妙的壁画，有那样可敬的人，又有这样可爱的影子。从我内心深处，我真想长期留在这里，永远留在这里。真好像在茫茫的人世间奔波了六十多年才最后找到了一个归宿。然而这样做能行得通吗？事实上却是办不到的。我必须离开这里。在人生中，我的旅途远远不到结束的时候，我还不能停留在一个地方。在我前面，可能还有深林、大泽、崇山、幽谷，有阳关大道，有独木小桥。我必须走上前去，穿越这一切。现在就让我把自己的身躯带走，把心留在敦煌吧。

1979 年 10 月 9 日初稿

1980 年 3 月 3 日定稿

# 富春江上

记得在什么诗话上读到过两句诗：

到江吴地尽

隔岸越山多

诗话的作者认为是警句，我也认为是警句。但是当时我却只能欣赏诗句的意境，而没有丝毫感性认识。不意我今天竟亲身来到了钱塘江畔富春江上。极目一望，江水平阔，浩渺如海；隔岸青螺数点，微痕一抹，出没于烟雨迷蒙中。“隔岸越山多”的意境我终于亲临目睹了。

钱塘、富春都是具有诱惑力的名字。实际的情况比名字更有诱惑力。我们坐在一艘游艇上。江水青碧，水声淙淙。艇上偶见白鸥飞过，远处则是点点风帆。黑色的小燕子在起伏翻腾的碎波上贴水面飞行，似乎是在努力寻觅着什么。我虽努力探究，但也只见它们忙忙碌碌，匆匆促促。最终也探究不出，它们究竟在寻觅什么。岸上则是点点的越山，飞也似的向艇后奔。一点消逝了，又出现了新的一点，数十里连绵不断。难道诗句中的“多”字表现的就是这个意境吗？

眼中看到的虽然是当前的景色，但心中想到的却是历史的人物。谁到了这个吴越分界的地方不会立刻就想到古代的吴王夫差和越王勾践的冲突呢？当年他们钩心斗角互相角逐的情景，今天我们已经无从想象了。但是乱箭齐发、金鼓轰鸣的搏斗总归是有的。这种鏖兵的情况同这样的青山绿水无论如何也不能协调起来。人世变幻，今古皆然。在人类前进的程途上，这些都是不可避免的。但青山绿水却将永在。我们今天大可不必庸人自扰，为古人担忧，还是欣赏眼前的美景吧！

但是，我的幻想却不肯停止下来。我心头的幻想，一下子又变成了眼前的幻象。我的耳边响起了诗僧苏曼殊的两句诗：

春雨楼头尺八箫
何时归看浙江潮

这里不正是浙江钱塘潮的老家吗？我平生还没有看到浙江潮的福气。这两句诗我却是喜欢的，常常在无意中独自吟咏。今天来到钱塘江上，这两句诗仿佛是自己来到了我的耳边。耳边诗句一响,眼前潮水就涌了起来：

怒声汹汹势悠悠
罗刹江边地欲浮
漫道往来存大信
也知反复向平流
狂抛巨浸疑无底
猛过西陵似有头
至竟朝昏谁主掌
好骑赪鲤问阳侯

但是，幻象毕竟只是幻象。一转瞬间，“怒声汹汹”的江涛就消逝得无影无踪，眼前江水平阔，浩渺如海，隔岸青螺数点，微痕一抹，出没于烟雨迷蒙中。

可是竟完全出我意料：在平阔的水面上，在点点青螺上，竟又出现了一个人的影子。它飘浮飞驶，“翩若惊鸿，婉如游龙”，时隐时现，若即若离，追逐着海鸥的翅膀，跟随着小燕子的身影，停留在风帆顶上，飘动在波光潋滟中。我真是又惊又喜。“胡为乎来哉？”难道因为这里是你的家乡才出来欢迎我吗？我想抓住它，这当然是不可能的。我想正眼仔细看它一看；这也是不可能的。但它又不肯离开我，我又不能不看它。这真使我又是兴奋，又是沮丧；又是希望它飞近一点，又是希望它离远一点。我在徒唤奈何中看到它飘浮飞动，定睛敛神，只看到青螺数点，微痕一抹，出没于烟雨迷蒙中。

我们就这样到了富阳。这是我们今天艇游的终点。我们舍舟登陆，爬上了有名的鹳山。山虽不高，但形势极好。山上层楼叠阁，曲径通幽，花木扶疏，窗明几净。我们登上了春江第一楼，凭窗远望，富春江景色尽收眼底。因为高，点点风帆显得更小了，而水上的小燕子则小得无影无踪。想它们必然是仍然忙忙碌碌地在那里飞着，可惜我们一点也看不着，只能在这里想象了。山顶上树木参天，森然苍蔚。最使我吃惊的是参天的玉兰花树。碗大的白花在绿叶丛中探出头来，同北地的玉兰花一比，大小悬殊，颇使我这个北方人有点目瞪口呆了。

在山边上有一座石壁下是名闻天下的严子陵钓台。宋朝大诗人苏东坡写的四个大字：登云钩月，赫然镌刻在石壁上。此地距江面相当远，钓鱼无论如何是钓不着的。遥想两千多年前，一个披着蓑衣的老头子，手持几十丈长的钓竿，垂着几十丈长的钓丝，孤零一个人，蹲在这石壁下，等候鱼儿上钩，一动也不动，宛如一个木雕泥塑。这样一幅景象，无论如何也难免有滑稽之感。古人说：姑妄言之姑听之，过分认真，反会大煞风景。难道宋朝的苏东坡就真正相信吗？此地自然风光，天下独绝，有此一个传说，更会增加自然风光的妩媚，我们就姑妄听之吧！

两年前，我曾畅游黄山。那里景色之奇丽瑰伟，使我大为惊叹。窃念大化造物，天造地设，独垂青于中华大地。我觉得生为一个中国人，是十分幸福的，是非常值得骄傲的。今天我又来到了富春江上。这里景色明丽，秀色天成，同样是美，但却与黄山形成了鲜明的对照。如果允许我借用一个现成的说法的话，那么一个是阳刚之美，一个是阴柔之美。刚柔不同，其美则一，同样使我惊叹。我们祖国大地，江山如此多娇，我的幸福之感，骄傲之感，便油然而生。我眼前的富春江在我眼中更增加了明丽，更增加了妩媚，仿佛是一条天上的神江了。

在这里，我忽然想到唐代诗人孟浩然的一首著名的诗《宿桐庐江寄广陵旧游》：

山暝听猿愁
沧江急夜流
风鸣两岸叶
月照一孤舟
建德非吾土
维扬忆旧游
还将两行泪
遥寄海西头

孟浩然说“建德非吾土”，在当时的情况下，这种心情是容易理解的。他忆念广陵，便觉得建德非吾土。到了今天，我们当然不会再有这样的感觉了。我觉得桐庐不但是“吾土”，而且是“吾土”中的精华。同黄山一样，有这样的“吾土”就是幸福的根源。非吾土的感觉我是有过的。但那是在国外，比如说瑞士。那里的山水也是十分神奇动人的，我曾为之颠倒过，迷惑过。但一想到“山川信美非吾土”，我就不禁有落寞之感。今天在富春江上，我丝毫也不会有什么落寞之感。正相反，我是越看越爱看，越爱看便越觉得幸福，在这风物如画的江上，我大有手舞足蹈之意了。

我当然也还感到有点美中不足。我从小就背诵梁代大文学家吴均的一篇名作《与朱元思书》。这封信里描绘的正是富春江的风景：

风烟俱净，天山共色。从流飘荡，任意东西。自富阳至桐庐，一百许里，奇山异水，天下独绝。

下面就是对这“奇山异水”的描绘，那确是非常动人的。然而他讲的是“自富阳至桐庐”，我今天刚刚到了富阳，便戛然而止。好像是一篇绝妙的文章，只读了一个开头。这难道不是天大的憾事吗？然而，这一件憾事也自有它的绝妙之处，妙在含蓄。我知道前面还有更奇丽的景色，偏偏今天就不让你看到。我望眼欲穿，向着桐庐的方向望去，根据吴均的描绘，再加上我自己的幻想，把那一百多里的奇山异水给自己描绘得如阆苑仙境，自己感到无比的快乐，我的心好像就在这些奇山异水上飞驰。等到我耳边听到有点嘈杂声，是同伴们准备回去的时候了。我抬眼四望，唯见青螺数点，微痕一抹，出没于烟雨迷蒙中。

1981 年 12 月 9 日

# 星光的海洋

星光，星光，星光……

到处都是星光。

是星光的瀚海，是星光的大洋；是星光的密林，是星光的丛莽。有红，有绿；有白，有黄；有大，有小；有弱，有强；有明，有暗；有高，有低；有远，有近；有疏，有密。有的成堆，有的成行；有的排成一线，有的组成一方。瞻之在前，忽焉在后；光辉灿烂，绵延数十里；汪洋浩瀚，好像充塞了天地。有时候，这星光的海洋似乎已经达到了黑暗的边缘；我满以为，在此之外，已是无边无际的大黑暗了。然而，只要一转瞬，再往上一看，依然是一片星光。

星光，星光，星光……

到处都是星光。

是夏夜的星空从天上落到地上来了吗？是哪一个神话世界里的神灯从虚无缥缈的高天上飘到人间来了吗？我有点迷惑，有点恍惚。有点好奇，有点糊涂。我注意探讨，仔细研究，猛然发现，这些都不是，都不是。这根本不是星光，而是绵延不断的灯光。

我抬头向上看，在这一片我原来误认为是星光的灯光上面，亮晶晶的一大片，大大小小的一群在那里眨着眼睛，那才是真正的星光。我低头向下看，看到星光和灯光在水面上的倒影，金光闪闪，像一条条的金蛇。原来就在我脚下，在我伫立的一个小小的山头的下面几十米深的黑暗处，从左边流来了嘉陵江，从右边流来了不尽长江滚滚来的长江。江声低咽，金波摇影。我现在不是在天上，而是在人间；不是在人间别的地方，而是在嘉陵江和长江汇流处的重庆。嘉陵江上通四川辽阔的地区，长江下达更辽阔的地区，一直通到大海。我正站在祖国的大地上，我眼前是重庆，是重庆的夜晚。眼前的一片星光是这座山城高高低低的山坡上的群灯。

在白天里，我曾在这一座山城里蜂房般的鳞次栉比的房屋的迷宫中漫游。我曾出出进进于大小商店之中，看点什么，买点什么。我也曾在大街上滚滚的人流中漫步，没有什么固定的目的。只是作为一个外地人，一个旁观者看看而已。我看玻璃窗里陈列的五光十色的商品，我看街旁菜摊上摆的有一些我叫不出名的菜蔬。我间或也能看到一些少数民族的妇女穿着花团锦簇颜色鲜艳的服装，头上和手上戴着的首饰闪闪发出银白色的光芒。我顾而乐之，忘记了时间的流逝。

最使我难忘的是我瞻仰的一些革命圣地，比如红岩、曾家岩、周公馆、桂园等等。特别是红岩，更给我留下了永不磨灭的印象。我怀着十分虔敬的心情在这个革命圣地里走上走下，在那些大大小小的房间里瞻望。我的步履很轻很轻，我几乎屏止住了呼吸。我一向景仰的那一些革命前辈仿佛还住在这里。我不敢放肆，我怕打扰了他们的清神。在院子里，虽然现在时令已是冬天，但是那些五颜六色的菊花却傲然凌霜怒放，显示出与众不同的骨气。最引起我注意的是一丛开着红色花朵的我不知道名字的蔓藤，红得像火焰，像朝霞，耀眼惊心。就在这红色花朵的旁边矗立着一棵高大的黄桷树。在那黑云压城特务横行的日子里，在这棵大树的向外面的一侧是阴间。过了这棵树是红岩的主楼，就是阳间。因此，人民群众把这棵大树称做阴阳树。今天我来到了这棵树下，看到它枝干突兀腾跃，矫健挺拔，尖顶直刺灰蒙蒙的天空，好像把我的心情也带向高处。站在树下，我久久不想离去。今天我们全国人民都住在阳间，阴间已经消失得无影无踪了。我心头之兴奋可以想见了。也许是由于兴奋过度，我没有注意树上是否有灯。即使有的话，我也决不会把灯光误认为星光。

眼前白天已经转入暗夜，我登上了长江和嘉陵江汇流处的三角洲头。白天看到的那一些密密麻麻的大街、小巷、高楼、低舍，我都看不到了，都没入一片迷茫的黑暗中。我眼前看到的只有万家灯火，高高低低，前后左右，汇成了一片星光的海洋。

我当然不知道红岩、曾家岩、周公馆、桂园等等都在什么地方。我更不知道，那里现在是否都亮起了红灯。但是，我确信，在这一片灯光的海洋中，有几盏灯就是挂在那里的。红岩、曾家岩、周公馆、桂园，每一个窗口都会有闪亮的红灯让灯光流出，汇入这浩渺的灯光的海洋里。其中那最明亮、最高大的一盏一定是挂在阴阳树上。在它辉耀的光线的照耀下，我仿佛看到了大树下那些傲霜怒放的菊花，小红灯笼似的累累垂垂的花朵，衬托着碧绿的叶子，散发出无穷的活力。当年在这一座黑暗弥天的山城里，那些向往光明的人们，特别是青年们，一定是望眼欲穿地望着阴阳树上的这一盏明灯而欢欣鼓舞。这明灯给他们以信心，给他们以勇气，给他们以方向，给他们以安身立命之地。他们终于在灯光的照耀下，慢慢地冲出黑暗，奔向光明。我那时虽然不在重庆，但是，我确信，一定是有这样一盏灯的，而这灯又必然是异常明亮，异常光辉灿烂的。

今天，弥天的黑暗已经永远消失了，光明降临到大地上。我来到了重庆，缅怀往事，心潮腾涌。我很后悔，为什么当年竟没能够来到这里，看一看红岩、曾家岩、周公馆和桂园等地，献上我的一瓣心香？现在，我站在两江汇流处的三角洲山头上，面对山城的万家灯火，五十年的往事一下子逗上心头。回首前尘，唯余感慨；瞻望未来，意气风发。我完完全全沉浸在幻想之中。一转瞬间，眼前的万家灯火又突然变成了星光，这星光把我带到天上去，带到那片能抒发畅想曲的碧落中去。

星光，星光，星光……

到处都是星光。

1981 年草稿

1984 年 12 月 13 日修改于深圳

1985 年 1 月 15 日抄于燕园

# 登庐山

苍松翠柏，层层叠叠，从山麓向上猛奔，气势磅礴，压山欲倒，整个宇宙仿佛沉浸在一片浓绿之中。原来这就是庐山啊！

汽车沿着盘山公路，在万绿丛中盘旋而上。我一边仿佛为这神奇的绿色所制服，一边嘴里哼着苏东坡那一首脍炙人口的诗：

横看成岭侧成峰

远近高低各不同

不识庐山真面目

只缘身在此山中

我很后悔，在年轻读中国小学的时候，学习马虎，对岭与峰的细微区别没有弄清楚。到了此时，悔之晚矣。无论横看，还是侧看，我都弄不明白苏东坡用意之所在。我只觉得，苏东坡没有搔着痒处，没有真正抓住庐山的神韵，没有抓住庐山的灵魂，空留下这一首传诵古今的名篇。

到了我们的住处以后，天色已经黄昏。窗外松涛澎湃，山风猎猎，鸟鸣在耳，蝉声响彻，九奇峰朦胧耸立，天上有一弯新月。我耳朵里听到的是松声，眼睛仿佛看到了绿色。我在庐山的第一夜，做了一个绿色的梦。

中国的名山胜境，我游得不多。五十年前，我在大学毕业后，改行当了高中的国文教员。虽然为人师表，却只有二十三岁。在学生眼中，我大概只能算是一个大孩子。有一个学生含笑对我说："我比你还大五岁哩！老师！"这有什么办法呢！我当时童心未泯，颇好游玩。曾同几个同事登泰山，没费吹灰之力就登上了南天门。在一个鸡毛小店里住了一夜，第二天凌晨攀登玉皇顶，想看日出。适逢浮云蔽天，等看到太阳时，它已经升得老高了。我们从后山黑龙潭下山，一路饱览山色，颇有一点"一览众山小"的情趣。泰山给我留下了非常深刻的印象。从审美的角度上来评断，我想用两个字来概括泰山，这就是：雄伟。

六年以前，我游了黄山。从前山温泉向上攀，经过了许多名胜古迹，什么“一线天”、“蓬莱三岛”等，下午三时到了玉屏楼。回望天都峰鲫鱼背，如悬天半。在玉屏楼住了一夜，第二天再向北海前进。一路上又饱览了数不清的名胜古迹。在北海住了两夜，看到了著名的黄山云海和奇峰怪石。世之论者认为黄山以古松胜，以云海胜，以奇峰胜，以怪石胜。古人说：“五岳归来不看山，黄山归来不看岳。”这是非常有见地的话。从审美的角度来评断，我也想用这两个字来概括黄山，这就是：诡奇。

那一次陪我游黄山的是小泓，我们祖孙二人始终走在一起。他很善于记黄山那一些稀奇古怪的名胜的名字，我则老朽昏庸，转眼就忘，时时需要他的提醒和纠正。当时日子过得似乎平平常常，并没有觉得有什么奇妙之处，有什么值得怀念之处。但是，前几年我到安徽合肥去开会，又有游黄山的机会，我原本想再去黄山的。可是，我忽然怀念起小泓来，他已在千山万水浩渺大洋之外了。我顿时觉得，那一次游黄山，日子过得不细致，有点马马虎虎，颇有一点身在福中不知福的味道。如今回忆起来，情景历历如在眼前。哪怕是极小的生活细节，也无一不温馨可爱，到了今天，宛如一梦，那些情景永远永远不会再回来了。我觉得，再游黄山，谁也代替不了小泓。经过了反复的考虑，我决意不再到黄山去了。

今天我来到了庐山，陪我来的是二泓。在离开北京的时候，我曾下定决心，在庐山，日子一定要仔仔细细地过，认真在意地过，把每一个细微末节，每一分钟，每一秒钟，都要仔细玩味，决不能马马虎虎，免得再像游黄山那样，日后追悔不及。我也确实这样做了。正像小泓一样，二泓也是跟我形影不离。几天以来，我们几乎游遍整个庐山。茂林修竹，大陵深涧，岩洞石穴，飞瀑名泉。他扶着我，有时候简直是扛着我，到处游观。我觉得，这一次确实是仔仔细细地过日子了，一点也没有敢疏忽大意。对一草一木，一山一石，变幻莫测的白云，流动不息的飞瀑，我都全心全意地把整个灵魂都放在上面。我只希望，到得庐山之游成为回忆时，我不再追悔。是否真正能做到这一步，我眼前还不敢夸下海口，只有等将来的事实来验证了。

庐山千姿百态，很难用一个字或几个字来概括。但是，总起来说，庐山给我的印象同泰山和黄山迥乎不同。在这里，不管是远山，还是近岭，无不长满了松柏。杉树更是特别郁郁葱葱，尖尖的树顶直刺云天。目光所到之处，总是绿，绿，绿，几乎看不到任何别的颜色，是一片浓绿的天地，一片浓绿的大洋。从审美的角度来看，我也想用两个字来概括庐山，这就是：秀润。

我觉得，绿是庐山的精神，绿是庐山的灵魂，没有绿就没有庐山。绿是有层次的。有时候蓦地白云从谷中升起，把苍松翠柏都笼罩起来，笼罩得迷蒙一片，此时浓绿就转成了青色，更给人以秀润之感，可惜东坡翁当年没能抓住庐山这个特点，因而没有能认识庐山的真面目，成为千古憾事。我曾在含鄱口远眺时信口写一七绝：

近浓远淡绿重重
峰横岭斜青濛濛
识得庐山真面目
只缘身在此山中

我自谓抓住了庐山的精神，抓住了庐山的灵魂。庐山有灵，不知以为然否？

1986 年 8 月 6 日于庐山

# 法门寺

法门寺，多么熟悉的名字啊！京剧有一出戏，就叫作《法门寺》。其中有两个角色，让人永远忘记不了：一个是太监刘瑾，一个是他的随从贾桂。刘瑾气焰万丈，炙手可热。他那种小人得志的情态，在戏剧中表现得惟妙惟肖，淋漓尽致，是京剧中最著名的人物之一。贾桂则是奴颜婢膝，一副小人阿谀奉承的奴才相。他的“知名度”甚至高过刘瑾，几乎是妇孺皆知。“贾桂思想”这个词儿至今流传。

我曾多次看《法门寺》这一出戏，我非常欣赏演员们的表演艺术。但是，我从来也没想研究究竟有没有法门寺这样一个地方，它坐落在何州何县。这样的问题好像跟我风马牛不相及，根本不存在似的。

然而，我何曾料到，自己今天竟然来到了法门寺，而且还同一件极其重要的考古发现联系在一起了。

这一座寺院距离陕西扶风县有八九里路，处在一个比较偏僻的农村中。我们来的时候，正落着蒙蒙细雨。据说这雨已经下了几天。快要收割的麦子湿漉漉的，流露出一种垂头丧气的神情。但是在中国比较稀见的大棵大朵的月季花却开得五颜六色，绚丽多姿，告诉我们春天还没有完全过去，夏天刚刚来临。寺院正在修葺，大殿已经修好，彩绘一新，鲜艳夺目。但是整个寺院却还是一片断壁残垣，显得破破烂烂。地上全是泥泞，根本没法走路。工人们搬来了宝塔倒掉留下来的巨大的砖头，硬是在泥水中垫出一条路来。我们这一群从北京来的秀才小心翼翼，战战兢兢地踏着砖头，左歪右斜地走到了一个原来有一座十三层的宝塔而今完全倒掉的地方。

这样一个地方有什么可看的呢？千里迢迢从北京赶来这里难道就是为了看这一座破庙吗？事情当然不会这样简单。这一座法门寺在唐代真是大大地有名，它是皇家烧香礼佛的地方。这一座宝塔建自唐代，中间屡经修葺。但是在一千多年的漫长的时间内，年深日久，自然的破坏力是无法抗御的，终于在前几年倒塌了。我们现在看到的就是倒塌后的样子。

倒塌本身按理说也用不着大惊小怪。但是，倒塌以后，下面就露出了地宫。打开地宫，一方面似乎是出人意料，另一方面又似乎是在意料之内，在这里发现了大量异常珍贵的古代遗物。遗物真可以说是丰富多彩，琳琅满目，其中有金银器皿、玻璃器皿、茶碾子、丝织品。据说，地宫初启时，一千多年以前的金器，金光闪闪，光辉夺目，参加发掘的人为之吃惊，为之振奋。最引人注目的是秘色瓷，实物还从来没有看到过。另外根据刻在石碑上的账簿，丝织品中有中国历史上唯一的一位女皇武则天的裙子。因为丝织品都粘在一起，还没有能打开看一看，这一条简直是充满了神话色彩的裙子究竟是什么样子。

但是，真正引起轰动的还是如来佛释迦牟尼的真身舍利。世界上已经发现的舍利为数极多，我国也有不少。但是，那些舍利都是如来佛遗体焚化后留下来的。这一个如来佛指骨舍利却出自他的肉身，在世界上从来没有过。我不是佛教信徒，不想去探索考证。但是，这个指骨舍利在十三层宝塔下面已经埋藏了一千多年，只是它这一把子年纪不就能让我们肃然起敬吗？何况它还同中国历史上和文学史上的一段公案紧密地联系在一起呢！唐朝大文学家韩愈有一篇著名的文章：《论佛骨表》，千百年来，读过这篇文章的人恐怕有千百万。我自己年幼时也曾读过，至今尚能背诵。但是，我从来也没有想到，唐宪宗“令群僧迎佛骨于凤翔”的佛骨竟然还存在于宇宙间，而且现在就在我们眼前，我原以为是神话的东西就保存在我们现在来看的地宫里，虚无缥缈的神话一下子变为现实。它将在全世界引起多么大的轰动，目前还无法逆料。这一阵“佛骨旋风”会以雷霆万钧之力扫过佛教世界，这一点是肯定无疑的了。

我曾多次来过西安，我也曾多次感觉到过，而且说出来过：西安是一块宝地。在这里，中国古代文化仿佛阳光空气一般，弥漫城中。唐代著名诗人的那些名篇名句，很多都与西安有牵连。谁看到灞桥、渭水等等的名字不会立即神往盛唐呢？谁走过丈八沟、乐游原这样的地方不会立即想到杜甫、李商隐的名篇呢？这里到处是诗，美妙的诗；这里到处是梦，神奇的梦；这里是一个诗和梦的世界。如今又出现了如来真身舍利。它将给这个诗和梦的世界涂上一层神光，使它同西天净土，三千大千世界联系在一起，生为西安人，生为陕西人，生为中国人有福了。

从神话回到现实，我们这一群北京秀才是应邀来鉴定新出土的奇宝的。对我们这些凡夫俗子来说，如来真身舍利渺矣茫矣。对每一个中国人来说，古代灿烂的文化遗物却是活生生的现实。即使对于神话不感兴趣的普通老百姓，对现实却是感兴趣的。现在法门寺已经严密封锁，一般人不容易进来。但是，老百姓却有自己的想法，有自己的价值观。我曾在大街上和飞机场上碰到过一些好奇的老百姓。在大街上，两位中年人满面堆笑，走了过来：

"你是从北京来的吗？"

"是的。"

"你是来鉴定如来佛的舍利吗？"

"是的。"

"听说你们挖出了一地窖金子？！"

对这样的"热心人"，我能回答些什么呢？

在飞机上，五六个年轻人一下子拥了上来：

"你们不是从北京来的吗？"

"是的。"

“听说，你们看到的那几段佛骨，价钱可以顶得上三个香港？！”

多么奇妙的联想，又是多么天真的想法。让我关在屋子里想一辈子也想不出来。无论如何，这表示，西安的老百姓已经普遍地注意到如来真身舍利的出现这一件事，街头巷尾，高谈阔论，沸沸扬扬，满城都说佛舍利了。

外国朋友怎样呢？他们的好奇心，他们的轰动，决不亚于中国的老百姓。在新闻发布会上，一位日本什么报的记者抢过扩音器，发出了连珠炮似的问题：“这个指骨舍利是如来佛哪一只手上的呢？是左手，还是右手？是哪一个指头上的呢？是拇指，还是小指？”我们这一些“答辩者”，谁也回答不出来。其他外国记者都争着想提问，但是这一位日本朋友却抓紧了扩音器，死不放手。我决不敢认为，他的问题提的幼稚，可笑。对一个信仰佛教又是记者的人来说，他提问题是非常认真严肃的，又是十分虔诚的。据我了解到的，现在世界上许多国家，特别是日本、印度，以及南亚和东南亚佛教国家，都纷纷议论西安的真身舍利。这个消息像燎原的大火一样，已经熊熊燃烧起来了，行将见“西安热”又将热遍全球了。

就这样，我在细雨霏霏中，一边参观法门寺，一边心潮起伏，浮想联翩。多年来没有背诵的《论佛骨表》硬是从遗忘中挤了出来，我不由得一字一句暗暗背诵。同时我还背诵着：

一封朝奏九重天
夕贬潮州路八千
欲为圣明除弊事
肯将衰朽惜残年
云横秦岭家何在
雪拥蓝关马不前
知汝远来应有意
好收吾骨瘴江边

韩愈因谏迎佛骨，遭到贬逐，他的侄孙韩湘来看他，他写了这一首诗。我没有到过秦岭，更没有见过蓝关，我却仿佛看到了一个孤苦伶仃的老人，忠君遭贬，我不禁感到一阵凄凉。此时月季花在雨中别具风韵，法门寺的红墙另有异彩。我幻想，再过三五年，等到法门寺修复完毕，十三级宝塔重新矗立之时，此时冷落僻远的法门寺前，将是车水马龙，摩肩接踵，与秦俑馆媲美了。

1987 年 8 月 20 日

# 第四辑 天光云影寄幽思

然而夜来了，漫漫的漆黑的夜，闪着星光和月光的夜，浮动着暗香的夜……只是夜，长长的夜，夜永远也不完，黄昏呢？——黄昏永远不存在人们的心里的。只一掠，走了，像一个春宵的轻梦。

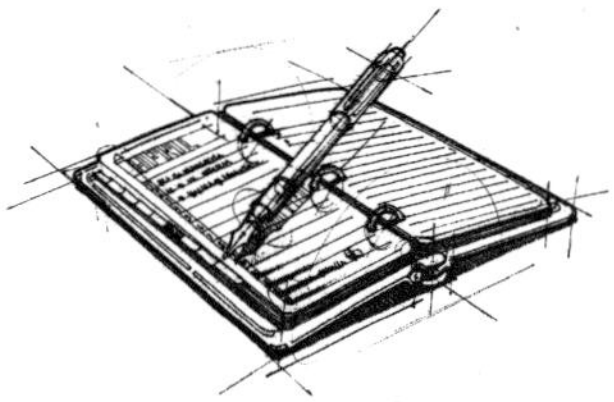

# 月是故乡明

每个人都有个故乡，人人的故乡都有个月亮。人人都爱自己故乡的月亮。事情大概就是这个样子。

但是，如果只有孤零零一个月亮，未免显得有点孤单。因此，在中国古代诗文中，月亮总有什么东西当陪衬，最多的是山和水，什么“山高月小”“三潭印月”，等等，不可胜数。

我的故乡是在山东西北部大平原上。我小的时候，从来没有见过山，也不知山为何物，我曾幻想，山大概是一个圆而粗的柱子吧，顶天立地，好不威风。以后到了济南，才见到山，恍然大悟：山原来是这个样子呀。因此，我在故乡里望月，从来不同山联系。像苏东坡说的“月出于东山之上，徘徊于斗牛之间”，完全是我无法想象的。

至于水，我的故乡小村却大大地有。几个大苇坑占了小村面积一多半。在我这个小孩子眼中，虽不能像洞庭湖“八月湖水平”那样有气派，但也颇有一点烟波浩渺之势。到了夏天，黄昏以后，我在坑边的场院里躺在地上，数天上的星星。有时候在古柳下面点起篝火，然后上树一摇，成群的知了飞落下来。比白天用嚼烂的麦粒去粘要容易得多。我天天晚上乐此不疲，天天盼望黄昏早早来临。

到了更晚的时候，我走到坑边，抬头看到晴空一轮明月，清光四溢，与水里的那个月亮相映成趣。我当时虽然还不懂什么叫诗兴，但也顾而乐之，心中油然有什么东西在萌动。有时候在坑边玩很久，才回家睡觉。在梦中见到两个月亮叠在一起，清光更加晶莹澄澈。第二天一早起来，到坑边苇子丛里去拣鸭子下的蛋，白白地一闪光，手伸向水中，一摸就是一个蛋。此时更是乐不可支了。

我只在故乡呆了六年，以后就离乡背井，漂泊天涯。在济南住了十多年，在北京度过四年，又回到济南呆了一年。然后在欧洲住了近十一年，重又回到北京，到现在已经四十多年了。在这期间，我曾到过世界上将近三十个国家。我看过许许多多的月亮。在风光旖旎的瑞士莱芒湖上，在平沙无垠的非洲大沙漠中，在碧波万顷的大海中，在巍峨雄奇的高山上，我都看到过月亮，这些月亮应该说都是美妙绝伦的，我都异常喜欢。但是，看到它们，我立刻就想到我故乡中那个苇坑上面和水中的那个小月亮。对比之下，无论如何我也感到，这些广阔世界的大月亮，万万比不上我那心爱的小月亮。不管我离开我的故乡多少万里，我的心立刻就飞来了。我的小月亮，我永远忘不掉你！

我现在已经年近耄耋。住的朗润园是燕园胜地。夸大一点说，此地有茂林修竹，绿水环流，还有几座土山，点缀其间。风光无疑是绝妙的。前几年，我从庐山休养回来，一个同在庐山休养的老朋友来看我。他看到这样的风光，慨然说："你住在这样的好地方，还到庐山去干嘛呢！"可见朗润园给人印象之深。此地既然有山，有水，有树，有竹，有花，有鸟，每逢望夜，一轮当空，月光闪耀于碧波之上，上下空濛，一碧数顷，而且荷香远溢，宿鸟幽鸣，真不能不说是赏月胜地。荷塘月色的奇景，就在我的窗外。不管是谁来到这里，难道还能不顾而乐之吗？

然而，每值这样的良辰美景，我想到的却仍然是故乡苇坑里的那个平凡的小月亮。见月思乡，已经成为我经常的经历。思乡之病，说不上是苦是乐，其中有追忆，有惆怅，有留恋，有惋惜。流光如逝，时不再来。在微苦中实有甜美在。

月是故乡明。我什么时候能够再看到我故乡里的月亮呀！我怅望南天，心飞向故里。

1989年11月3日

# 梦萦水木清华

离开清华园已经五十多年了，但是我经常想到她。我无论如何也忘不掉清华的四年学习生活。如果没有清华母亲的哺育，我大概会是一事无成的。

在三十年代初期，清华和北大的门槛是异常高的。往往有几千学生报名投考，而被录取的还不到十分甚至二十分之一。因此，清华学生的素质是相当高的，而考上清华，多少都有点自豪感。

我当时是极少数的幸运儿之一，北大和清华我都考取了。经过了一番艰苦的思考，我决定入清华。原因也并不复杂，据说清华出国留学方便些。我以后没有后悔。清华和北大各有其优点，清华强调计划培养，严格训练；北大强调兼容并包，自由发展，各极其妙，不可偏执。

在校风方面，两校也各有其特点。清华校风我想以八个字来概括：清新、活泼、民主、向上。我只举几个小例子。新生入学，第一关就是“拖尸”，这是英文字“toss”的音译。意思是，新生在报到前必须先到体育馆，旧生好事者列队在那里对新生进行“拖尸”。办法是，几个彪形大汉把新生的两手、两脚抓住，举了起来，在空中摇晃几次，然后抛到垫子上，这就算是完成了手续，颇有点像《水浒传》上提到的杀威棍。墙上贴着大字标语：“反抗者入水！”游泳池的门确实敞开着。我因为有同乡大学篮球队长许振德保驾，没有被“拖尸”。至今回想起来，颇以为憾：这个终生难遇的机会轻轻放过，以后想补课也不行了。

这个从美国输入的“舶来品”，是不是表示旧生“虐待”新生呢？我不认为是这样。我觉得，这里面并无一点敌意，只不过是对新伙伴开一点玩笑，其实是充满了友情的。这种表示友情的美国方式，也许有人看不惯，觉得洋里洋气的。我的看法正相反。我上面说到清华校风清新和活泼，就是指的这种“拖尸”，还有其他一些行动。

我为什么说清华校风民主呢？我也举一个小例子。

当时教授与学生之间有一条鸿沟，不可逾越。教授每月薪金高达三四百元大洋，可以购买面粉二百多袋，鸡蛋三四万个。他们的社会地位极高，往往目空一切，自视高人一等。学生接近他们比较困难。但这并不妨碍学生开教授的玩笑。开玩笑几乎都在《清华周刊》上。这是一份由学生主编的刊物，文章生动活泼，而且图文并茂。现在著名的戏剧家孙浩然同志，就常用“古巴”的笔名在《周刊》上发表漫画。有一天，俞平伯先生忽然大发豪兴，把脑袋剃了个净光，大摇大摆，走上讲台，全堂为之愕然。几天以后，《周刊》上就登出了文章，讽刺俞先生要出家当和尚。

第二件事情是针对吴雨僧（宓）先生的。他正教我们“中西诗之比较”这一门课。在课堂上，他把自己的新作《空轩》十二首诗印发给学生。这十二首诗当然意有所指，究竟指的是什么。我们说不清楚。反正当时他正在多方面地谈恋爱，这些诗可能与此有关。他热爱毛彦文是众所周知的。他的诗句：“吴宓苦爱（毛彦文），三洲人士共惊闻”，是夫子自道。《空轩》诗发下来不久，校刊上就刊出了一首七律今译，我只记得前一半：

一见亚北貌似花
顺着秫秸往上爬
单独进攻忽失利
跟踪盯梢也挨刷

最后一句是："椎心泣血叫妈妈。"诗中的人物呼之欲出，熟悉清华今典的人都知道是谁。

学生同俞先生和吴先生开这样的玩笑，学生觉得好玩，威严方正的教授也不以为忤。这种气氛我觉得很和谐有趣。你能说这不民主吗？这样的琐事我还能回忆起一些来，现在不再啰嗦了。

清华学生一般都非常用功，但同时又勤于锻炼身体。每天下午四点以后，图书馆中几乎空无一人，而体育馆内则是人山人海，著名的"斗牛"正在热烈进行。操场上也挤满了跑步、踢球、打球的人。到了晚饭以后，图书馆里又是灯火通明，人人伏案苦读了。

根据上面谈到的各方面的情况，我把清华校风归纳为八个字：清新、活泼、民主、向上。

我在这样的环境中生活、学习了整整四个年头，其影响当然是非同小可的。至于清华园的景色，更是有口皆碑，而且四时不同：春则繁花烂漫，夏则藤影荷声，秋则枫叶似火，冬则白雪苍松。其他如西山紫气、荷塘月色，也令人忆念难忘。

现在母校八十周年了，我可以说是与校同寿。我为母校祝寿，也为自己祝寿。我对清华母亲依恋之情，弥老弥浓。我祝她长命千岁，千岁以上。我祝自己长命百岁，百岁以上。我希望在清华母亲百岁华诞之日，我自己能参加庆祝。

1988 年 7 月 22 日

# 怀念母亲

我一生有两个母亲：一个是生我的那个母亲；一个是我的祖国母亲。

我对这两个母亲怀着同样崇高的敬意和同样真挚的爱慕。

我六岁离开我的生母，到城里去住。中间曾回故乡两次，偏是奔丧，只在母亲身边呆了几天，仍然回到城里。最后一别八年，在我读大学二年级的时候，母亲弃养，只活了四十多岁。我痛哭了几年，食不下咽，寝不安席。我真想随母亲于地下。我的愿望没能实现。从此我就成了没有母亲的孤儿。一个缺少母爱的孩子，是灵魂不全的人。我怀着不全的灵魂，抱终天之恨。一想到母亲，就泪流不止，数十年如一日。如今到了德国，来到哥廷根这一座孤寂的小城，不知道是为什么，母亲频来入梦。

我的祖国母亲，我这是第一次离开她。离开的时间只有短短几个月，不知道是为什么，我这个母亲也频来入梦。

为了保存当时真实的感情，避免用今天的情感篡改当时的感情，我现在不加叙述，不作描绘，只从初到哥廷根的日记中摘抄几段：

1935年11月16日

不久外面就黑起来了。我觉得这黄昏的时候最有意思。我不开灯，只沉默地站在窗前，看暗夜渐渐织上天空，织上对面的屋顶。一切都沉在朦胧的薄暗中。我的心往往在沉静到不能再沉静的氛围里，活动起来。这活动是轻微的，我简直不知道有这样的活动。我想到故乡，故乡里的老朋友，心里有点酸酸的，有点凄凉。然而这凄凉却并不同普通的凄凉一样，是甜蜜的，浓浓的，有说不出的味道，浓浓地糊在心头。

11月18日

从好几天以前，房东太太就向我说，她的儿子今天家来，从学校回家来，她高兴得不得了。……但儿子只是不来，她的神色有点沮丧。她又说，晚上还有一趟车，说不定他会来的。我看了她的神气，想到自己的在故乡地下卧着的母亲，我真想哭！我现在才知道，古今中外的母亲都是一样的！

11月20日

我现在还真是想家，想故国，想故国里的朋友。我有时简直想得不能忍耐。

11月28日

我仰在沙发上，听风声在窗外过路。风里夹着雨。天色阴得如黑夜。心里思潮起伏，又想到故国了。

12月6日

近几天来，心情安定多了。以前我真觉得二年太长；同时，在这里无论衣食住行哪一方面都感到不舒服，所以这二年简直似乎无论如何也忍受不下来了。

从初到哥廷根的日记里，我暂时引用这几段。实际上，类似的地方还有不少，从这几段中也可见一斑了。总之，我不想在国外呆。一想到我的母亲和祖国母亲，就心潮腾涌，惶惶不可终日，留在国外的念头连影儿都没有。几个月以后，在1936年7月11日，我写了一篇散文，题目叫《寻梦》。开头一段是：

夜里梦到母亲，我哭着醒来。醒来再想捉住这梦的时候，梦却早不知道飞到什么地方去了。

下面描绘在梦里见到母亲的情景。最后一段是：

天哪！连一个清清楚楚的梦都不给我吗？我怅望灰天，在泪光里，幻出母亲的面影。

我在国内的时候，只怀念，也只有可能怀念一个母亲。现在到国外来了，在我的怀念中就增添了一个祖国母亲。这种怀念，在初到哥廷根的时候，异常强烈。以后也没有断过。对这两位母亲的怀念，一直伴随着我度过了在德国的十年，在欧洲的十一年。

# 黄　昏

黄昏是神秘的，只要人们能多活下去一天，在这一天的末尾，他们便有个黄昏。但是，年滚着年，月滚着月，他们活下去。有数不清的天，也就有数不清的黄昏。我要问：有几个人觉到过黄昏的存在呢？——

早晨，当残梦从枕边飞去的时候，他们醒转来，开始去走一天的路。他们走着，走着，走到正午，路陡然转了下去。仿佛只一溜，就溜到一天的末尾，当他们看到远处弥漫着白茫茫的烟，树梢上淡淡涂上了一层金黄色，一群群的暮鸦驮着日色飞回来的时候，仿佛有什么东西轻轻地压在他们心头。他们知道：夜来了。他们渴望着静息，渴望着梦的来临。不久，薄冥的夜色糊了他们的眼，也糊了他们的心。他们在低隘的小屋里忙乱着，把黄昏关在门外，倘若有人问：你看到黄昏了没有？黄昏真美呵。他们却茫然了。

他们怎能不茫然呢？当他们再从崖里探出头来寻找黄昏的时候，黄昏早随了白茫茫的烟的消失，树梢上金色的消失，鸦背上日色的消失而消失了。只剩下朦胧的夜。这黄昏，像一个春宵的轻梦，不知在什么时候漫了来，在他们心上一掠，又不知在什么时候走了。

黄昏走了。走到哪里去了呢？——不，我先问：黄昏从哪里来的呢？这我说不清。又有谁说得清呢？我不能够抓住一把黄昏，问它到底。从东方么？东方是太阳出来的地方。从西方么？西方不正亮着红霞么？从南方么？南方只充满了光和热。看来只有说从北方来的适宜了。倘若我们想了开去，想到北方的极北端，是北冰洋和北极，我们可以在想象里描画出：白茫茫的天地，白茫茫的雪原，和白茫茫的冰山。再往北，在白茫茫的天边上，分不清哪是天，是地，是冰，是雪，只是朦胧的一片灰白。朦胧灰白的黄昏不正应当从这里蜕化出来么？

然而，蜕化出来了，却又扩散开去。漫过了大平原，大草原，留下了一层阴影；漫过了大森林，留下了一片阴郁的黑暗，漫过了小溪，把深灰的暮色融入琤琮的水声里，水面在阒静里透着微明；漫过了山顶，留给它们星的光和月的光；漫过了小村，留下了苍茫的暮烟……给每个墙角扯下了一片，给每个蜘蛛网网住了一把。以后，又漫过了寂寞的沙漠，来到我们的国土里。我能想象：倘若我迎着黄昏站在沙漠里，我一定能看着黄昏从辽远的天边上跑了来，像——像什么呢？是不是应当像一阵灰蒙的白雾？或者像一片扩散的云影？跑了来，仍然只是留下一片阴影，又跑了去，来到我们的国土里，随了弥漫在远处的白茫茫的烟，随了树梢上的淡淡的金黄色，也随了暮鸦背上的日色，轻轻地落在人们的心头，又被人们关在门外了。

但是，在门外，它却不管人们关心不关心，寂寞地，冷落地，替他们安排好了一个幻变的又充满了诗意的童话般的世界，朦胧，微明，正像反射在镜子里的影子，它给一切东西涂上银灰的梦的色彩。牛乳色的空气仿佛真牛乳似的凝结起来。但似乎又在软软地黏黏地浓浓地流动着。它带来了阒静，你听：一切静静的，像下着大雪的中夜。但是死寂么？却并不，再比现在沉默一点，也会变成坟墓般的死寂。仿佛一点也不多，一点也不少，优美的轻适的阒静软软地黏黏地浓浓地压在人们的心头，灰的天空像一张薄幕；树木，房屋，烟纹，云缕，都像一张张的剪影，静静地贴在这幕上。这里，那里，点缀着晚霞的紫曛和小星的冷光。黄昏真像一首诗，一支歌，一篇童话；像一片月明楼上传来的悠扬的笛声，一声缭绕在长空里亮唳的鹤鸣；像陈了几十年的绍酒；像一切美到说不出来的东西。说不出来，只能去看；看之不足，只能意会；意会之不足，只能赞叹。——然而却终于给人们关在门外了。

给人们关在门外，是我这样说么？我要小心，因为所谓人们，不是一切人们，也决不会是一切人们的。我在童年的时候，就常常呆在天井里等候黄昏的来临。我这样说，并不是想表明我比别人强。意思很简单，就是：别人不去，也或者是不愿意去这样做。我（自然也还有别人）适逢其会地常常这样做而已。常常在夏天里，我坐在很矮的小凳上，看墙角里渐渐暗了起来，四周的白墙上也布上了一层淡淡的黑影。在幽暗里，夜来香的花香一阵阵地沁入我的心里。天空里飞着蝙蝠。檐角上的蜘蛛网，映着灰白的天空，在朦胧里，还可以数出网上的线条和粘在上面的蚊子和苍蝇的尸体。在不经意的时候蓦地再一抬头，暗灰的天空里已经嵌上闪着眼的小星了。在冬天，天井里满铺着白雪。我蜷伏在屋里。当我看到白的窗纸渐渐灰了起来，炉子里在白天里看不出颜色来的火焰渐渐红起来、亮起来的时候，我也会知道：这是黄昏了。我从风门的缝里望出去：灰白的天空，灰白的盖着雪的屋顶。半弯惨淡的凉月印在天上，虽然有点凄凉；但仍然掩不了黄昏的美丽。这时，连常常坐在天井里等着它来临的人也不得不蜷伏在屋里。只剩了灰蒙的雪色伴了它在冷清的门外，这幻变的朦胧的世界造给谁看呢？黄昏不觉得寂寞吗？

但是寂寞也延长不了多久。黄昏仍然要走的。李商隐的诗说："夕阳无限好，只是近黄昏。"诗人不正慨叹黄昏的不能久留吗？它也真的不能久留，一瞬眼，这黄昏，像一个轻梦，只在人们心上一掠，留下黑暗的夜，带着它的寂寞走了。

走了，真的走了。现在再让我问：黄昏走到哪里去了呢？这我不比知道它从哪里来的更清楚。我也不能抓住黄昏的尾巴，问它到底。但是，推想起来，从北方来的应该到南方去的吧。谁说不是到南方去的呢？我看到它怎样地走了。——漫过了南墙，漫过了南边那座小山，那片树林；漫过了美丽的南国。一直到辽阔的非洲。非洲有耸峭的峻岭，岭上有深邃的永古苍暗的大森林。再想下去，森林里有老虎——老虎？黄昏来了，在白天里只呈露着淡绿的暗光的眼睛该亮起来了吧。像不像两盏灯呢？森林里还该有莽苍葳蕤的野草，比人高。草里有狮子，有大蚊子，有大蜘蛛，也该有蝙蝠，比平常的蝙蝠大。夕阳的余晖从树叶的稀薄处，透过了架在树枝上的蜘蛛网，漏了进来，一条条灿烂的金光，照耀得全林子里都发着棕红色，合了草底下毒蛇吐出来的毒气，幻成五色绚烂的彩雾。也该有萤火虫吧，现在一闪一闪地亮起来了。也该有花，但似乎不应该是夜来香或晚香玉。是什么呢？是一切毒艳的恶之花。在毒气里，不正应该产生恶之花吗？这花的香慢慢融入棕红色的空气里，融入绚烂的彩雾里。搅乱成一团，滚成一团暖烘烘的热气。然而，不久这热气就给微明的夜色消融了。只剩一闪一闪的萤火虫，现在渐渐地更亮了。老虎的眼睛更像两盏灯了，在静默里瞅着暗灰的天空里才露面的星星。

然而，在这里，黄昏仍然要走的。再走到哪里去呢？这却真地没人知道了。——随了淡白的疏稀的冷月的清光爬上暗沉沉的天空里去么？随了眨着眼的小星爬上了天河么？压在蝙蝠的翅膀上钻进了屋檐么？随了西天的晕红消融在远山的后面么？这又有谁能明白地知道呢？我们知道的，只是：它走了，带了它的寂寞和美丽走了，像一丝微飔，像一个春宵的轻梦。

是了。——现在，现在我再有什么可问呢？等候明天么？明天来了，又明天，又明天。当人们看到远处弥漫着白茫茫的烟，树梢上淡淡涂上了一层金黄色，一群群的暮鸦驮着日色飞回来的时候，又仿佛有什么东西压在他们的心头，他们又渴望着梦的来临。把门关上了。关在内外的仍然是黄昏，当他们再伸头出来找的时候，黄昏早已走了。从北冰洋跑了来，一过路，到非洲森林里去了。再到，再到哪里，谁知道呢？然而夜来了，漫漫的漆黑的夜，闪着星光和月光的夜，浮动着暗香的夜……只是夜，长长的夜，夜永远也不完，黄昏呢？——黄昏永远不存在人们的心里的。只一掠，走了，像一个春宵的轻梦。

1934年1月4日

# 回 忆

回忆很不好说，究竟什么才算是回忆呢？我们时时刻刻沿了人生的路向前走着，时时刻刻有东西映入我们的眼里。——即如现在吧，我一抬头就可以看到清浅的水在水仙花盆里反射的冷光，漫在水里的石子的晕红和翠绿，茶杯里残茶在软柔的灯光下照出的几点金星。但是，一转眼，眼前的这一切，早跳入我的意想里，成轻烟，成细雾，成淡淡的影子，再看起来，想起来，说起来的话，就算是我的回忆了。

只说眼前这一步，只有这一点淡淡的影子，自然是迷离的。但是我自从踏到世界上来，走过不知多少的路。回望过去的茫茫里，有着我的足迹叠成的一条白线，一直引到现在，而且还要引上去。我走过都市的路，看尘烟缭绕在栉比的高屋的顶上。我走过乡村的路，看似水的流云笼罩着远村，看金海似的麦浪。我走过其他许许多多的路，看红的梅，白的雪，潋滟的流水，十里稷稷的松壑，死人的蜡黄的面色，小孩充满了生命力的踊跃。我在一条路上接触到种种的面影，熟悉的，不熟悉的。这一切的一切都在我走着的时候，蓦地成轻烟，成细雾，成淡淡的影子，储在我的回忆里。有的也就被埋在回忆的暗陬里，忘了。当我转向另一条路的时候，随时又有新的东西，另有一群面影凑集在我的眼前。蓦地又成轻烟，成细雾，成淡淡的影子，移入我的回忆里，自然也有的被埋在暗陬里，忘了。新的影子挤入来，又有旧的被挤到不知什么地方去幻灭，有的简直就被挤了出去。以后，当另一群更新的影子挤进来的时候，这新的也就追踪了旧的命运。就这样，挤出，挤进，一直到现在。我的回忆里残留着各样的影子，色彩。分不清先先后后，萦混成一团了。

我就带着这萦混的一团从过去的茫茫里走上来。现在抬头就可以看到水仙花盆里反射的水的冷光，水里石子的晕红和翠绿，残茶在灯下照出的几点金星。自然，前面已经说过，这些都要倏地变成影子，移入回忆里，移入这萦混的一团里，但是在未移动以前，这萦混的一团影子说不定就在我的脑海里浮动起来，我就自然陷入回忆里去了——陷入回忆里去，其实是很不费力的事。我面对着当前的事物。不知怎地，迷离里忽然电光似的一掣，立刻有灰蒙蒙的一片展开在我的意想里，仿佛是空空的，没有什么，但随便我想到曾经见过的什么，立刻便有影子浮现出来。跟着来的还不止一个影子，两个，三个，多，更多了。影子在穿梭，在萦混。又仿佛电光似的一掣，我又顺着一条线回忆下去——比如回忆到故乡里的秋吧。先仿佛看到满场里乱摊着的谷子，黄黄的。再看到左右摆动的老牛的头，飘浮着云烟的田野，屋后银白的一片秋芦。再沉一下心，还仿佛能听到老牛的喘气，柳树顶蝉的曳长了的鸣声。豆荚在日光下毕剥的炸裂声。蓦地，有如阴云漫过了田野，只在我的意想里一恍，在故乡里的这些秋的影子上面，又挤进来别的影子了——红的梅，白的雪，潋滟的流水，十里稷稷的松壑，死人的蜡黄的面色，小孩充满了生命力的踊跃。同时，老牛的影，芦花的影，田野的影，也站在我的心里的一个角隅里。这许多的影子掩映着，混起来。我再不能顺着刚才的那条线想下去。又有许多别的历乱的影子在我的意念里跳动。如电光火石，炫了我的眼睛。终于我一无所见，一无所忆。仍然展开了灰蒙蒙的一片，空空的，什么也没有。我的回忆也就停止了。

我的回忆停止了，但是绝不能就这样停止下去的。我仍然说，我们时时刻刻沿着人生的路向前走着，时时刻刻就有回忆萦绕着我们。——再说到现在吧。灯光平流到我面前的桌上，书页映出了参差的黑影，看到这黑影，我立刻想到在过去不知什么时候看过的远山的淡影。玻璃杯反射着清光。看了这清光，我立刻想到月明下千里的积雪。我正写着字。看了这一颗颗的字，也使我想到阶下的蚁群……倘若再沉一下心，我可以想到过去在某处见过这样的山的淡影。在另一个地方也见过这样的影子，纷纷的一团。于是想了开去，想到同这影子差不多的影子。纷纷的一团。于是又想了开去，仍然是纷纷的一团影子。但是同这山的淡影，同这书页映出的参差的黑影却没有一点关系了。这些影子还没幻灭的时候，又有别的影子隐现在他们后面，朦胧，暗淡，有着各样的色彩。再往里看，又有一层影子隐现在这些影子后面，更朦胧，更暗淡，色彩也更繁复……一层，一层，看上去，没有完。越远越暗淡了下去。到最后，只剩了那么一点绰绰的形象。就这样，在我的回忆里，一层一层地，这许许多多的影子，色彩，分不清先先后后，又萦混成一团了。

我仍然带了这萦混的一团影子走上去。倘若要问：这些影子都在什么地方呢？我却说不清了。往往是这样，一闭眼，先是暗冥冥的一片，再一看，里面就有影子。但再问：这暗冥冥的一片在什么地方呢？恐怕只有天知道吧。当我注视着一件东西发愣的时候，这些影子往往就叠在我眼前的东西上。在不经意的时候，我常把母亲的面影叠在茶杯上。把忘记在什么时候看见的一条长长的伸到水里去的小路叠在 Hölderlin[1] 的全集上。把一树灿烂的海棠花叠在盛着花的土盆上。把大明湖里的塔影叠在桌上铺着的晶莹的清玻璃上。把晚秋黄昏的一天暮鸦叠在墙角的蜘蛛网上，把夏天里烈日下的火红的花团叠在窗外草地上半匍着的白雪上……然而，只要一经意，这些影子立刻又水纹似的幻化开去。同了这茶杯的，这 Hölderlin 全集的，这土盆的，这清玻璃的，这蜘蛛网的，这白雪的，影子，跳入我的回忆里，在将来的不知什么时候，又要叠在另一些放在我眼前的东西上了。

---

1 Hölderlin，荷尔德林，德国诗人，古典浪漫派诗歌的先驱。

将来还没有来。而且也不好说。但是，我们眼前的路不正引向将来去吗？我看过了清浅的水在水仙花盆里反射的冷光，映在水里的石子的晕红和翠绿，残茶在软柔的灯光下照出的那几点金星。也看过了茶杯，Hölderlin全集，土盆，清玻璃，蜘蛛网，白雪，第二天我自然看到另一些新的东西，第三天我自然看到另一些更新的东西。第四天，第五天……看到的东西多起来，这些东西都要倏地成轻烟，成细雾，成淡淡的影子，储在我的回忆里吧。这一团蓑混的影子，也要更蓑混了。等我不能再走，不能再看的时候，这一团也随了我走应当走的最后路。然而这时候，我却将一无所见，一无所忆。这一团影子幻失到什么地方去了呢？随了大明湖里的倒影飘散到茫迷里去了吗？随了远山的淡霭被吸入金色的黄昏里去了吗？说不清；而且也不必说。——反正我有过回忆了。我还希望什么呢？

1934年1月14日旧历年元旦灯下

# 寂　寞

寂寞像大毒蛇，盘住了我整个的心，我自己也奇怪：几天前喧腾的笑声现在还萦绕在耳际，我竟然给寂寞克服了吗？

但是，克服了，是真的，奇怪又有什么用呢？笑声虽然萦绕在耳际，早已恍如梦中的追忆了，我只有一颗心，空虚寂寞的心被安放在一个长方形的小屋里。我看四壁，四壁冰冷像石板，书架上一行行排列着的书，都像一行行的石块，床上棉被和大衣的折纹也都变成雕刻家手下的作品了，死寂，一切死寂，更死寂的却是我的心，——我到了庞培（Pompaii）[1]了么？不，我自己证明没有，隔了窗子，我还可以看见袅动的烟缕，虽然还在袅动，但是又是怎样地微弱呢，——我到了西敏斯大寺（Westminster Abbey）[2]了么？我自己又证明没有，我看不到阴森的长廊，看不到诗人的墓圹，我只是被装在一个长方形的小屋里，四周圈着冰冷的石板似的墙壁，我究竟在什么地方呢？桌子上那两盆草的蔓长嫩绿的枝条，反射在镜子里的影子，我透过玻璃杯看到的淡淡的影子；反射在电镀过的小钟座上的影子，在平常总轻轻地笼罩上一层绿雾，不是很美丽有生气的吗？为什么也变成浮雕般呆僵不动呢？——一切完了，一切都给寂寞吞噬了，寂寞凝定在墙上挂的相片上，凝定在屋角的蜘蛛网上，凝定在镜子里我自己的影子上……

一切都真的给寂寞吞噬了吗？不，还有我自己，我试着抬一抬胳膊，还能抬得起，我摆了摆头，镜子里的影子也还随着动，我自己问：是谁把我放在这里的呢？

---

1　庞培（Pompaii），即庞贝城，地中海沿岸一座历史悠久的古城，公元79年维苏威火山爆发，大量的火山灰瞬间将这座城市湮没。

2　西敏斯大寺（Westminster Abbey），即伦敦泰晤士河北岸的威斯敏斯特教堂。

是我自己，现在我才发现，就是自己，我能逃……

我能逃，然而，寂寞又跟上我了呀！在平常我们跑着百米抢书的图书馆，不是很热闹的吗？现在为什么也这样冷清呢？我从这头看到那头，像看到一个朦胧的残梦，淡黄的阳光从窗子里穿进来造成一条光的路，又射在光滑的桌面上，不耀眼，不辉腾，只是死死地贴在桌上，像——像什么呢？我不愿意说，像乡间黑漆棺材上贴的金边，寥寥的几个看书的，错落地散坐着，使我想起到月明夜天空的星子，但也都石像似的坐着，不响也不动，是人么？不是，我左右看全不像，像木乃伊？又不像，因为我闻不到木乃伊应该有的那种香味，像死尸？有点，但也不全像，——我看到他们僵坐的姿势了；我看到他们一个个的翻着的死白的眼了，我现在知道他们像什么，像鱼市里的死鱼，一堆堆地排列着，鼓着肚皮，翻着白眼，可怕！然而我能逃，然而寂寞又跟上了我，我向哪里逃呢？

到了世界的末日了吗？世界的末日，多可怕！以前我曾自己想象，自己是世界上最后的一个生物，因了这无谓的想象，我流过不知多少汗，但是现在却真教我尝到这个滋味了，天空倒挂着，像个盆，远处的西山，近处的楼台，都仿佛剪影似的贴在这灰白盆底上。小鸟缩着脖子站在土山上，不动，像博物馆里的标本，流水在冰下低缓地唱着丧歌，天空里破絮似的云片，看来像一贴贴的膏药，糊在我这寂寞的心上，枯枝丫杈着，看来像鱼刺，也刺着我这寂寞的心。

但是，我在身旁发现有人影在游动了，我知道，我自己不是世界上最后的生物，我在内心浮起一丝笑意，但是（又是但是）却没等这笑意浮到脸上，我又看到我身旁的人也同样翻着死白的眼，像木乃伊？像僵尸？像鱼市上陈列的死鱼？谁耐心去管，战栗通过了我全身，我想逃，寂寞驱逐着我，我想逃，向哪里逃呢？——天哪！我不知道向哪里逃了。

夜来了，随了夜来的是更多的寂寞，当我从外面走回宿舍的时候，四周死一般沉寂，但总仿佛有窸窣的脚步声绕在我四围。说声，其实哪里有什么声呢？只是我觉得有什么东西跟着我而已，倘若在白天，我一定说这是影子；倘若睡着了，我一定说这是梦，究竟是什么呢？我知道，这是寂寞，从远处我看到压在黑暗的夜气下面的宿舍，以前不是每个窗子都射出温热的软光来么？但是，变了，一切变了，大半的窗子都黑黑的，闭着寥寥的几个窗子，无力地迸射出几条光线来，又都是怎样暗淡灰白呢？——不，这不是窗子里射出来的灯光，这是墓地里的鬼火，这是魔窟里发出的魔光，我是到了鬼影憧憧的世界里了，我自己也成了鬼影了。

我平卧在床上，让柔弱的灯光流在我身上，让寂寞在我四周跳动，静听着远处传来的蹬蹬的足音，隐隐地，细细弱弱到听不清，听不见了，这声音从哪里传来的呢？是从辽远又辽远的国土里呀！是从寂寞的大沙漠里呀！但是，又像比辽远的国土更辽远；我的小屋是坟墓，这声音是从墓外过路人的脚下踶出来的呀！离这里多远呢？想象不出，也不能想象，望吧！是一片茫茫的白海流布在中间，海里是什么呢？是寂寞。

隔了窗子，外面是死寂的夜，从蒙翳的玻璃里看出去，不见灯光；不见一切东西的清晰的轮廓，只是黑暗，在黑暗里的迷离的树影，丫杈着，刺着暗灰的天。在三个月前，这秃光的枯枝上，有过一串串的叶子，在萧瑟的秋风里打战，又罩上一层淡淡的黄雾。再往前，在五六个月以前吧，同样的这枯枝上织一丛丛的茂密的绿，在雨里凝成浓翠；在毒阳下闪着金光。倘若再往前推，在春天里，这枯枝上嵌着一颗颗火星似的红花，远处看，辉耀着，像火焰，——但是，一转眼，溜到现在，现在怎样了呢？变了，全变了，只剩了秃光的枯枝，刺着天空，把小小的温热的生命力蕴蓄在这枯枝的中心，外面披上这层刚劲的皮，忍受着北风的狂吹；忍受着白雪的凝固；忍受着寂寞的来袭，同我一样。它也该同我一样切盼着春的来临，切盼着寂寞的退走吧。春什么时候会来呢？寂寞什么时候会走呢？这漫漫的长长的夜，这漫漫的更长的冬……

1934 年 1 月 22 日

# 晨趣

一抬头，眼前一片金光：朝阳正跳跃在书架顶上玻璃盒内日本玩偶藤娘身上，一身和服，花团锦簇，手里拿着淡紫色的藤萝花，都熠熠发光，而且闪烁不定。

我开始工作的时候，窗外暗夜正在向前走动。不知怎样一来，暗夜已逝，旭日东升。这阳光是从哪里流进来的呢？窗外一棵高大的梧桐树，枝叶繁茂，仿佛张开了一张绿色的网。再远一点，在湖边上是成排的垂柳。所有这一些都不利于阳光的穿透。然而阳光确实流进来了，就流在藤娘身上……

然而，一转瞬间，阳光忽然又不见了，藤娘身上，一片阴影。窗外，在梧桐和垂柳的缝隙里，一块块蓝色的天空。成群的鸽子正盘旋飞翔在这样的天空里，黑影在蔚蓝上面划上了弧线。鸽影落在湖中，清晰可见，好像比天空里的更富有神韵，宛如镜花水月。

朝阳越升越高，透过浓密的枝叶，一直照到我的头上。我心中一动，阳光好像有了生命，它启迪着什么，它暗示着什么。我忽然想到印度大诗人泰戈尔，每天早上对着初升的太阳，静坐沉思，幻想与天地同体，与宇宙合一。我从来没达到这样的境界，我没有这一份福气。可是我也感到太阳的威力，心中思绪腾翻，仿佛也能洞察三界，透视万有了。

现在我正处在每天工作的第二阶段的开头上。紧张地工作了一个阶段以后，我现在想缓松一下，心里有了余裕，能够抬一抬头，向四周，特别是窗外观察一下。窗外风光如旧，但是四季不同：春花，秋月，夏雨，冬雪，情趣各异，动人则一。现在正是夏季，浓绿扑人眉宇，鸽影在天，湖光如镜。多少年来，当然都是这个样子。为什么过去我竟视而不见呢？今天，藤娘身上一点闪光，仿佛照透了我的心，让我抬起头来，以崭新的眼光，来衡量一切，眼前的东西既熟悉，又陌生，我仿佛搬到了一个新的地方，把我好奇的童心一下子都引逗起来了。我注视着藤娘，我的心却飞越茫茫大海，飞到了日本，怀念起赠送给我藤娘的室伏千津子夫人和室伏佑厚先生一家来。真挚的友情温暖着我的心……

窗外太阳升得更高了。梧桐树椭圆的叶子和垂柳的尖长的叶子，交织在一起，椭圆与细长相映成趣。最上一层阳光照在上面，一片嫩黄；下一层则处在背阴处，一片墨绿。远处的塔影，屹立不动。天空里的鸽影仍然在划着或长或短、或远或近的弧线。再把眼光收回来，则看到里面窗台上摆着的几盆君子兰，深绿肥大的叶子，给我心中增添了绿色的力量。

多么可爱的清晨，多么宁静的清晨！

此时我怡然自得，其乐陶陶。我真觉得，人生毕竟是非常可爱的，大地毕竟是非常可爱的。我有点不知老之已至了。我这个从来不写诗的人心中似乎也有了一点诗意。

此身合是诗人未

鸽影湖光入目明

我好像真正成为一个诗人了。

1988 年 10 月 13 日晨

图书在版编目（CIP）数据

怀念母亲 / 季羡林著. — 沈阳：万卷出版公司,2015.10（2017.6 重印）
ISBN 978-7-5470-3885-7

Ⅰ. ①怀… Ⅱ. ①季… Ⅲ. ①散文集－中国－当代Ⅳ. ① I267

中国版本图书馆 CIP 数据核字（2015）第 206982 号

出版发行：北方联合出版传媒（集团）股份有限公司
　　　　　万卷出版公司
　　　　　（地址：沈阳市和平区十一纬路 25 号　邮编：110003）
印 刷 者：辽宁泰阳广告彩色印刷有限公司
经 销 者：全国新华书店
幅面尺寸：145mm × 210mm
字　　数：150 千字
印　　张：8.5
出版时间：2015 年 10 月第 1 版
印刷时间：2017 年 6 月第 2 次印刷
责任编辑：史　丹
封面设计：展　志
版式设计：展　志
ISBN 978-7-5470-3885-7
定　　价：35.00 元

联系电话：024-23284090
邮购热线：024-23284050
传　　真：024-23284521
E-mail：wanrongbook@163.com